W0322245

LES PETITS DEVOIRS

Mathématiques 6^e

Mohamed Houkari
Professeur agrégé

Illustrations
Alice Gravier

Les petits devoirs
CM1
Grammaire

Les petits devoirs
CM1
Orthographe

Les petits devoirs
CM1
Dictées

Les petits devoirs
CM1
Vocabulaire

Les petits devoirs
CM1
Français

Les petits devoirs
CM1
Opérations

Les petits devoirs
CM1
Géométrie

Les petits devoirs
CM1
Problèmes

Les petits devoirs
CM1
Calcul mental

Les petits devoirs
CM1
Mathématiques

Les petits devoirs
CM2
Grammaire
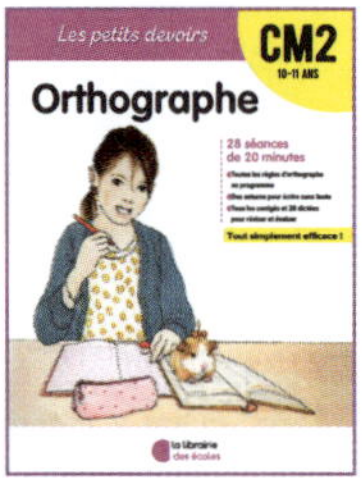
Les petits devoirs
CM2
Orthographe

Les petits devoirs
CM2
Dictées

Les petits devoirs
CM2
Vocabulaire

Les petits devoirs
CM2
Français

Les petits devoirs
CM2
Opérations

Les petits devoirs
CM2
Géométrie

Les petits devoirs
CM2
Problèmes

Les petits devoirs
CM2
Calcul mental

Les petits devoirs
CM2
Mathématiques

Les petits devoirs
6e
Orthographe

Les petits devoirs
6e
Dictées

Les petits devoirs
6e
Français

Les petits devoirs
6e
Opérations

Les petits devoirs
6e
Problèmes

Les petits devoirs
6e
Mathématiques

Sommaire

Conception graphique couverture et intérieur : Primo&Primo
Police cursive : SG Cursive @ 4 HEURES
Mise en pages : STDI
Reponsable éditoriale : Fanny Mezzarobba
Relecture : Thomas Gabiache
Édition : Véronique Pommeret

10, place des Cinq Martyrs
du Lycée Buffon
75015 PARIS
ISBN : 978-2-36940-385-2
www.lalibrairiedesecoles.com

1 Nombres entiers : écriture, décomposition

312 478 651 579

Trois cent douze milliards quatre cent soixante-dix-huit millions six cent cinquante et un mille cinq cent soixante-dix-neuf

milliards			millions			milliers			unités		
c	d	u	c	d	u	c	d	u	c	d	u
3	1	2	4	7	8	6	5	1	5	7	9

• **Décomposer** un nombre entier, c'est donner sa composition détaillée.

312 478 651 579 = 3 centaines de milliards, 1 dizaine de milliards, 2 unités de milliards, 4 centaines de millions, 7 dizaines de millions, 8 unités de millions, 6 centaines de milliers, 5 dizaines de milliers, 1 unité de milliers, 5 centaines, 7 dizaines et 9 unités

• **Convertir** un nombre entier, c'est changer l'unité prise en compte pour lire le nombre :

312 000 unités = 312 milliers = 3 120 centaines = 31 200 dizaines.

1 Écrivez en chiffres les nombres suivants :

douze mille quatre-vingts • deux cent soixante-douze mille trois cent quinze • trois millions sept cent treize mille huit cents • quarante et un millions douze • sept milliards soixante-dix-neuf millions mille quatre-vingts • treize milliards deux cent dix-sept mille vingt

2 Écrivez en chiffres les nombres suivants, puis effectuez les conversions demandées.

Trois cent un mille huit cents

= 301 800

= 30 180 dizaines

• Six cent cinquante-sept mille deux cents

=

= centaines

Douze millions cinq cent mille

=

= milliers

• Quatorze milliards trois cent douze mille

=

= centaines

3 Décomposez les nombres entiers suivants :

Exemple : 14 025 213 = 1 dizaine de millions, 4 unités de millions, 2 dizaines de milliers, 5 unités de milliers, 2 centaines, 1 dizaine et 3 unités

7 659 971 =

87 412 000 709 =

4 Parmi les paires d'entiers suivants, entourez le plus grand.

Pour m'aider, je peux écrire les nombres en chiffres au brouillon.

a. 210 dizaines • 2 milliers

b. 7 180 412 • soixante et onze mille neuf cents centaines

c. huit milliards douze mille • 79 200 centaines de milliers

2 Nombres entiers : addition, soustraction

L'**addition posée** s'effectue de droite à gauche.

$$\begin{array}{rccc} & ^{1} & ^{1} & \\ & 3 & 7 & 5 \\ + & 4 & 2 & 8 \\ \hline & 8 & 0 & 3 \end{array}$$

→ 5 + 8 = 13, je pose 3, je retiens 1.
→ 1 + 7 + 2 = 10, je pose 0, je retiens 1.
→ 1 + 3 + 4 = 8.

La **soustraction posée** s'effectue de droite à gauche.

$$\begin{array}{rccc} & & ^{13} & \\ & ^{2} & \not{3} & ^{12} \\ & \not{3} & \not{4} & \not{2} \\ - & 1 & 8 & 4 \\ \hline & 1 & 5 & 8 \end{array}$$

→ 4 ôtés de 2, je ne peux pas.
4 dizaines et 2 unités, c'est pareil que 3 dizaines et 12 unités.
12 – 4 = 8
→ 8 ôtés de 3, je ne peux pas.
3 centaines et 3 dizaines, c'est pareil que 2 centaines et 13 dizaines.
13 – 8 = 5
→ 2 – 1 = 1

1 Effectuez les additions suivantes, en les posant.

261 + 647 • 783 + 958 • 1 361 + 2 549 • 708 + 8 594

2 Effectuez les additions suivantes, en les posant au brouillon.

- 173 + 299 = ______
- 7 529 + 3 145 = ______
- 743 + 298 = ______
- 83 251 + 78 597 = ______
- 713 215 + 2 425 772 = ______
- 23 479 875 + 87 150 209 = ______

3 Effectuez les soustractions suivantes, en les posant :

764 – 513 • 801 – 192 • 2 450 – 821 • 3 071 – 1 845

4 Effectuez les soustractions suivantes, en les posant au brouillon.

- 984 – 327 = ______
- 31 512 – 8 794 = ______
- 1 254 – 146 = ______
- 456 832 – 287 941 = ______

5 Répondez aux questions suivantes, en posant l'opération au brouillon.

a. Combien dois-je ajouter à 215 pour obtenir 1 650 ?

b. À combien dois-je soustraire 715 pour obtenir 3 592 ?

3 Nombres entiers : multiplication, division

Multiplication posée

			3	3	
			5	5	
			3	7	8
×				4	7
		2	6	4	6
	1	5	1	2	0
	1	7	7	6	6

Multiplier par 47, c'est d'abord multiplier par (7), puis par 40, et additionner les deux résultats.

Multiplier par 40, c'est multiplier par (4), puis ajouter un (0) à la fin de son résultat.

Division posée

2 1 5 7 1	4 5
− 1 8 0	4 7 9
3 5 7	
− 3 1 5	
4 2 1	
− 4 0 5	
1 6	

→ Dans 2 ou dans 21, je ne trouve aucun multiple de 45. Dans 215, je trouve 4 fois 45 : 4 × 45 = 180.

215 – 180 = 35

→ J'« abaisse » le 7.

→ Dans 357, je trouve 7 fois 45 : 7 × 45 = 315.

357 – 315 = 42

→ J'« abaisse » le 1.

→ Dans 421, je trouve 9 fois 45 : 9 × 45 = 405.

421 – 405 = 16.

→ 16 est strictement inférieur à 45, ma division est terminée.

21 571 divisé par 45 donne un **quotient** de 479 et un **reste** de 16.

1 Effectuez les multiplications suivantes, en les posant au brouillon.

23 × 17 • 76 × 63 • 123 × 25 • 298 × 37

2 Effectuez les multiplications suivantes, en les posant au brouillon.

- 14 × 74 = ______
- 625 × 251 = ______
- 359 × 17 = ______
- 1 347 × 312 = ______
- 249 × 31 = ______
- 3 918 × 2 134 = ______

3 Effectuez les divisions suivantes, en les posant.

751 ÷ 13 • 842 ÷ 22 • 3 214 ÷ 31 • 917 ÷ 12

4 Effectuez les divisions suivantes, en les posant au brouillon.

	Quotient =	Reste =
842 ÷ 41		
4 537 ÷ 25		
1 215 ÷ 91		
9 512 ÷ 27		

5 Répondez aux questions suivantes, en posant les opérations au brouillon.

a. Quel nombre faut-il diviser par 34 pour obtenir 71 ?

b. Par combien faut-il multiplier 31 pour obtenir 3 875 ?

4 Nombres entiers : priorités d'opérations

La **priorité d'opérations** est l'ordre à respecter quand plusieurs opérations sont présentes dans un calcul.

- On calcule de gauche à droite.

$4 + 7 - 3 + 6 - 5 = 11 - 3 + 6 - 5$
$= 8 + 6 - 5$
$= 14 - 5$
$= 9$

- La **multiplication** et la **division** sont prioritaires sur l'addition et la soustraction.

$45 \div 5 + 7 \times 9 = 9 + 63 = 72$

- Les parenthèses marquent les opérations à effectuer **en premier**.

$13 + 5 \times (14 - (12 - 7)) = 13 + 5 \times (14 - 5)$
$= 13 + 5 \times 9$
$= 13 + 45$
$= 58$

Il peut y avoir plusieurs niveaux de parenthèses. Je regarde en premier les parenthèses intérieures.

1 Effectuez les opérations suivantes en ligne.

$3 + 4 \times 7 - 5$

$(3 + 4) \times 7 - 5$

$13 - 36 \div 12 - 4$

$(75 + 125) - 13 \times 4$

2 Effectuez les calculs suivants après avoir supprimé les parenthèses inutiles.

Exemple : $(13 \times 5) + (12 - 10) = 13 \times 5 + 12 - 10$
$= 65 + 12 - 10$
$= 77 - 10$
$= 67$

- $(13 - 5) \times 3 + (14 \times 10) - 1$
- $((25 - 10) \times (5 + 2)) + (35 - (2 \times 15))$

3 Placez les parenthèses de manière à obtenir trois résultats différents et vérifiez votre réponse.

$14 \times 50 - 38 - 32 \div 2$

Sans parenthèses :

Avec parenthèses (1) :

Avec parenthèses (2) :

4 Complétez les égalités par le nombre qui convient.

$\_\_\_\_\_\_ + (35 \times 17) = 718$

$45 + (\_\_\_\_\_\_ \times 30) = 675$

$(71 \times \_\_\_\_\_\_) - 45 = 807$

$(200 - \_\_\_\_\_\_) \times 31 = 1\,271$

5 Révisions

1 Résolvez le problème suivant. Posez les opérations nécessaires au brouillon.

L'entreprise Tounett emploie 27 équipes d'ouvriers, autant de personnel d'entretien, 16 équipes de cadres et 5 équipes de prestataires. Chaque équipe d'ouvriers et de personnel d'entretien compte 113 personnes, chaque équipe de cadres et de prestataires, 57 personnes. Combien de personnes l'entreprise emploie-t-elle au total ?

2 En juxtaposant les nombres suivants, formez le plus grand et le plus petit nombre possible :

91 • 13 • 412 • 51 • 4

a. Plus petit nombre : ____________________

b. Plus grand nombre : ____________________

3 Résolvez le problème suivant. Posez les opérations nécessaires au brouillon.

Deux pirates doivent répartir le trésor dans leurs équipages. Barberousse, qui a 17 pirates sous ses ordres, a amassé 571 pièces d'or et Grand-Crochet, qui compte 41 acolytes, 1 289 pièces d'or. Les deux capitaines mettent en commun les trésors et les distribuent équitablement à l'ensemble de leurs pirates. Le reste est dépensé pour une grande fête.

a. Combien de pièces chaque pirate reçoit-il ?

b. Si chaque capitaine avait choisi de répartir son butin au sein de son équipe, certains y auraient-ils gagné ?

4 Calculez le résultat des opérations suivantes :

a. 5 – (4 – (3 – (2 – 1))) =

b. 105 – (104 – (103 – (102 – 101))) =

c. En vous appuyant sur les résultat de a. et de b., déduisez le résultat de l'opération suivante, puis vérifiez votre réponse.

1 005 – (1 004 – (1 003 – (1 002 – 1 001)))

5 Résolvez le problème suivant. Posez les opérations nécessaires au brouillon.

Le pays de Vertes-Prairies compte un million deux cent six mille habitants et celui de Blanches-Montagnes, quatre cents milliers. Chaque année, 31 000 habitants quittent le pays de Vertes-Prairies pour celui de Blanches-Montagnes.

Au bout de combien d'années la population de Vertes-Prairies sera-t-elle égale à celle de Blanches-Montagnes ?

6 Nombres décimaux : comparaison

Pour **comparer des nombres décimaux**, il faut commencer par comparer les chiffres ayant la plus grande valeur de position.

37,213 et 41,819	3 < 4 → 37,213 < 41,819
13,315 et 13,281	3 > 2 → 13,315 > 13,281
135,294 et 135,271	9 > 7 → 135,294 > 135,271
1 134,271 et 0 975,370	1 > 0 → 1 134,271 > 975,370

Pour comparer des nombres décimaux, il peut être utile d'ajouter un ou plusieurs 0 à la fin de la partie décimale. Cela ne change pas la valeur du nombre. Par exemple : 12,451 et 12,4 deviennent 12,451 et 12,400, 5 > 0 donc 12,451 > 12,4.

1 Pour chacune des suites ci-dessous, classez les nombres par ordre croissant.

a. 0,15 • 0,105 • 0,1005 • 0,25 • 0,195

b. 0,1001 • 0,0101 • 0,011 • 0,0011 • 0,0001

c. 13,01 • 14,001 • 12,1 • 13,11 • 12,99

d. 1,0911 • 1,1298 • 2,0001 • 1,1301 • 1,0813

2 Écrivez en chiffres les nombres décimaux suivants, puis ordonnez-les de manière décroissante.

a. trois et deux cent trois millièmes • trois et dix-neuf centièmes • trois, deux dixièmes et deux dix millièmes

b. dix et cent millièmes • cent et dix millièmes • mille et dix centièmes

c. neuf millièmes • neuf cent dix millièmes • dix-neuf centièmes

d. sept mille sept cent douze millièmes • huit cent cinquante-sept centièmes • quatre-vingt-trois dixièmes

3 Placez les nombres suivants sur l'axe ci-dessous et complétez les cases vides.

1,23 • un et quatre cent soixante-dix millièmes • 1,34 • un et quinze centièmes • 1,470 • 1,01

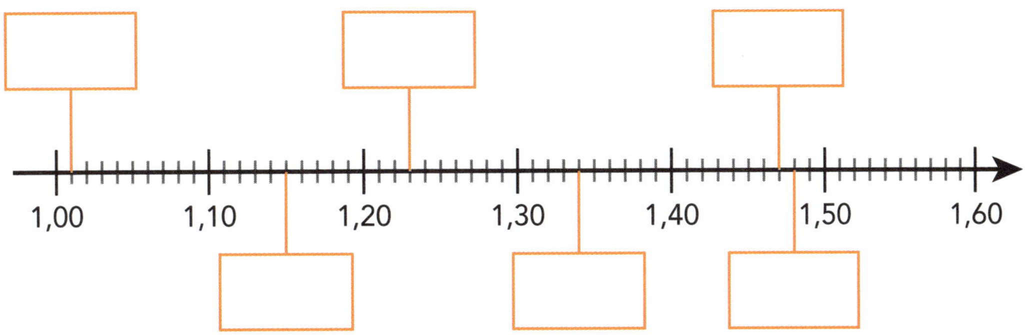

7 Nombres décimaux : addition et soustraction

Pour poser une **addition** ou une **soustraction** de **nombres décimaux**, il faut aligner les virgules.

$$
\begin{array}{rrrcrr}
 & & {}^{1} & & & \\
1 & 3 & 5 & , & 4 & 2 \\
+ & & 2 & , & 7 & 2 \\
\hline
1 & 3 & 8 & , & 1 & 4
\end{array}
\qquad\qquad
\begin{array}{rrrcrrr}
 & & {}^{10} & & {}^{11} & {}^{13} & \\
 & {}^{2} & {}^{0} & & {}^{1} & {}^{3} & {}^{10} \\
 & \not{3} & \not{1} & , & \not{2} & \not{4} & 0 \\
- & & 8 & , & 4 & 7 & 9 \\
\hline
 & 2 & 2 & , & 7 & 6 & 1
\end{array}
$$

L'opération se déroule alors comme avec des nombres entiers.

Il peut être utile, parfois, d'ajouter des 0 à la fin de la partie décimale pour effectuer les calculs.

1 Effectuez les additions suivantes, en les posant.

871,359 + 945,671 • 2 812,546 + 1 715,759 • 749,2573 + 4 391,37

2 Effectuez les soustractions suivantes, en les posant.

546,918 – 172,845 • 2 500,1 – 788,9 • 3 157,13 – 278,945

3 Effectuez les additions suivantes en les posant au brouillon.

32,295 + 79,388 = ______________ • 6 379,4731 + 78 145,29 = ______________

836,245 + 95,776 = ______________ • 85 433 + 9 469,217 = ______________

4 Effectuez les soustractions suivantes en les posant au brouillon.

21,757 – 18,915 = ______________ • 5 461,372 – 1 945,49 = ______________

845,71 – 173,8 = ______________ • 54 817 – 29 386,007 = ______________

5 Répondez aux questions suivantes en posant l'opération adéquate.

a. Combien dois-je ôter à 371,845 pour obtenir 113,217 ?

b. Combien dois-je ajouter à 4 613,257 pour obtenir 9 001 ?

8 Nombres décimaux : multiplication et division

Multiplication

Dans un premier temps, j'effectue l'opération sans les virgules. Ensuite, je tiens compte du nombre total de décimales pour placer la virgule.

```
  2 4 2
  2 3 2
  1 3, 6 4     ← 2 décimales ┐
×       7, 6   ← 1 décimale  ┘
-----------
    8 1 8 4
  9 5 4 8 0
-----------
1 0 3, 6 6 4   ← 3 décimales
```

Division

Il faut placer la virgule dans le quotient dès qu'on rencontre la virgule dans le dividende.

```
  1 1, 2 7 | 7
-   7      |------
  -----    | 1, 6 1
    4 2
  - 4 2
  -------
    0 0 7
  - 0 0 7
  -------
        0
```

1 Effectuez les multiplications suivantes en les posant.

54,6 × 31,7 • 3,79 × 1,54 • 61,89 × 7,53 • 8,756 × 29,4

2 Effectuez les divisions suivantes en les posant.

1 533,84 ÷ 8 • 31,596 ÷ 4 • 962,5 ÷ 11 • 46,92 ÷ 12

3 Effectuez les opérations suivantes en les posant au brouillon.

37,51 × 12,4 = ____________ • 75,8 × 24,7 = ____________

98,6 × 0,213 = ____________ • 0,951 × 0,84 = ____________

0,751 × 0,26 = ____________ • 7 002 × 5,8 = ____________

1 211 × 0,784 = ____________ • 31,84 × 9,15 = ____________

4 Effectuez les opérations suivantes en les posant au brouillon.

363,58 ÷ 7 = ____________ • 126,1 ÷ 13 = ____________

229,62 ÷ 6 = ____________ • 66,64 ÷ 17 = ____________

96,69 ÷ 11 = ____________ • 908,16 ÷ 24 = ____________

5 Classez les résultats des opérations suivantes par ordre décroissant.

a. 3,1 × 2,35 • 61,18 ÷ 7 • 1,018 + 2,48 × 2,51 • 8,97 – 1,01 × 7

b. 18,7 × 20,8 • 472,8 – 83,7 • 2 722,3 ÷ 7 • 17 × 17 + 99,78

9 Problèmes : nombres décimaux

Résolvez les problèmes suivants. Posez les opérations nécessaires au brouillon.

1 Chez le marchand de fruits, Stéphanie achète 2,5 kg de poires à 1,80 €/kg, 3 kg de pommes à 2,25 €/kg et deux melons à 3,20 € pièce.

a. Combien doit-elle au marchand ?

b. Elle paie le marchand, celui-ci lui rend 12,35 €. Combien lui a-t-elle donné ?

2 En achetant deux ballons à 5,25 € l'unité, deux paquets de balles de tennis à 3,15 € l'unité et trois raquettes, Nicolas paie au total 47,10 €.
Combien coûte une raquette ?

3 Une balle de plomb pèse 3,217 kg et une balle d'acier, 2,464 kg.

a. Combien pèsent 19 balles d'acier ?

b. Qu'est-ce qui est le plus lourd : 17 balles de plomb ou 19 balles d'acier ?

4 Dans le village de Val-Fleuri, des bûcherons fournissent le bois nécessaire à la vie quotidienne. L'équipe A comporte 3 bûcherons, l'équipe B en compte 5. L'équipe A a besoin de 2,616 kg de nourriture pour sa journée de travail, et abat 1 428 kg de bois. L'équipe B a besoin de 3,245 kg de nourriture et abat 1 930 kg de bois.

a. Quelle équipe possède les bûcherons les plus efficaces en termes de quantité de bois abattu ? Les plus économes en nourriture ?

b. Combien de jours au minimum faudra-t-il à chaque équipe pour fournir les 25 200 kg de bois nécessaires à la construction d'un pont ?

5 La famille Delajoux est composée de deux adultes et deux enfants. Leur voisin, M. Martin, vit seul avec ses trois enfants. Pour se laver, chaque jour, chaque adulte prend une douche, et les enfants prennent un bain. Une douche consomme 14,78 l d'eau. Pour un bain, on compte 23,5 l par personne.

a. Quelle famille consomme quotidiennement le plus d'eau ?

b. M. Martin décide de faire des économies et parvient à réduire de 4,7 l la consommation d'un bain. Avec cette nouvelle donnée, déterminez la famille qui a la plus grande consommation d'eau quotidienne.

10 Arrondis et estimations

Valeurs approchées par défaut ou par excès

• Approcher **par défaut** une valeur à l'unité, au dixième, au centième près, c'est « tronquer » le nombre à partir de l'unité, du dixième, du centième.

3,7564 approché par défaut au centième donne 3,75.

• Approcher **par excès** une valeur à l'unité, au dixième, au centième près, c'est « tronquer » le nombre à partir de l'unité, du dixième, du centième, et lui ajouter 1 unité, 1 dixième, 1 centième.

3,7564 approché par excès au centième donne 3,76.

Arrondir un nombre

Arrondir un nombre à l'unité, au dixième ou au centième près, c'est « tronquer » le nombre à partir de l'unité, du dixième ou du centième, puis observer le chiffre qui suit :

• si celui-ci est compris entre 0 et 4 inclus, alors la partie qu'on veut arrondir ne change pas ;

• si celui-ci est compris entre 5 et 9 inclus, alors on ajoute respectivement 1 unité, 1 dixième ou 1 centième.

2,571 arrondi au dixième donne 2,6.

2,571 arrondi au centième donne 2,57.

Estimer un résultat

Pour estimer un résultat, on remplace les nombres d'une opération par des valeurs approchées, plus simples à calculer.

On veut estimer le résultat 13,5 × 47,4 à l'unité près.

Estimation inférieure : 13 × 47 = 611

Estimation supérieure : 14 × 48 = 672

Le résultat de 13,5 × 47,4 sera donc compris entre 611 et 672.

1 Approchez les nombres suivants, par défaut et par excès, à la précision demandée.

1,3167 au centième :
par défaut : 1,31
par excès : 1,32

13,2157 au millième :
par défaut : ____________
par excès : ____________

215,918 au dixième :
par défaut : ____________
par excès : ____________

3 127,08 à la dizaine :
par défaut : ____________
par excès : ____________

2 Effectuez les estimations suivantes, à l'aide d'arrondis à la dizaine près, puis vérifiez avec un calcul exact.

1 317 × 24	estimation inférieure : 1 310 × 20 = 26 200 estimation supérieure : 1 320 × 30 = 39 600 calcul exact : 31 608
2 675 × 37	estimation inférieure : ______ estimation supérieure : ______ calcul exact : ______
1 915 × 31	estimation inférieure : ______ estimation supérieure : ______ calcul exact : ______
3 715 × 27	estimation inférieure : ______ estimation supérieure : ______ calcul exact : ______

3 Effectuez les estimations suivantes, à l'aide de valeurs approchées à l'unité près, puis vérifiez avec un calcul exact.

14,65 × 7,8	estimation inférieure : ______ estimation supérieure : ______ calcul exact : ______
79,9 × 10,98	estimation inférieure : ______ estimation supérieure : ______ calcul exact : ______
99,1 × 8,89	estimation inférieure : ______ estimation supérieure : ______ calcul exact : ______
27,81 × 8,8	estimation inférieure : ______ estimation supérieure : ______ calcul exact : ______

11 Division décimale et reste non nul

Tant que le reste d'une division n'est pas nul, on peut la poursuivre en ajoutant **des zéros au dividende** et **des décimales au quotient**.

Le quotient obtenu est alors une **valeur approchée** du résultat de la division.
On l'indique avec le symbole ≈ au lieu du symbole **=**.

$73{,}1 \div 11 \approx 6{,}645$

7 3, 1 0 0	1 1
- 6 6	6, 6 4 5
7 1	
- 6 6	
5 0	
- 4 4	
6 0	
- 5 5	
5	

Pour obtenir un **arrondi au dixième**, on poursuit la division jusqu'au centième pour le quotient et on arrondit le résultat.

Au dixième :

$18{,}936 \div 12 \approx 1{,}6$

Pour obtenir un **arrondi au centième**, on poursuit la division jusqu'au millième pour le quotient et on arrondit le résultat.

Au centième :

$18{,}936 \div 12 \approx 1{,}58$

1 8, 9 3 6	1 2
- 1 2	1, 5 7 8
6 9	
- 6 0	
9 3	
- 8 4	
9 7	
- 9 6	
1	

1 Déterminez le résultat des divisions suivantes, à la précision demandée.

125 ÷ 7 au dixième près • 31,46 ÷ 18 au centième près

2 Déterminez le résultat des divisions suivantes, au millième près.

13,78 ÷ 9 • 1,46 ÷ 11 • 2,58 ÷ 7 • 31,4 ÷ 13

3 Effectuez les opérations suivantes en arrondissant le résultat au centième près. Classez par ordre croissant les nombres obtenus.

151,3 ÷ 7 • 65,2 ÷ 3 • 280,47 ÷ 13

12 Problèmes : nombres décimaux

Résolvez les problèmes suivants. Posez les opérations nécessaires au brouillon.

1 Luc et Marie vont acheter des légumes. Les prix affichés sont les suivants :

carottes : 1,87 €/kg	poireaux : 1,75 €/kg
pommes de terre : 0,75 €/kg	courgettes : 3,25 €/kg

Luc achète 2,17 kg de carottes et 2,15 kg de courgettes.
Marie achète 2,9 kg de poireaux et 0,9 kg de pommes de terre.

a. Effectuez une estimation inférieure et une estimation supérieure, à l'unité près, de la dépense de Luc.

b. Effectuez une estimation inférieure et une estimation supérieure, à l'unité près, de la dépense de Marie.

c. Ces estimations vous permettent-elles de déterminer qui a dépensé le plus d'argent ?

d. Peut-on tirer la même conclusion si Marie achète 4,1 kg de pommes de terre au lieu de 0,9 kg ?

2 Complétez le tableau, puis, à l'aide des estimations, trouvez et entourez le résultat des opérations qui convient. Vérifiez à l'aide d'un calcul exact.

Avec une estimation au dixième, je suis plus proche du résultat exact qu'avec une estimation à l'unité.

a. 7 227,2159 + 8 472,3894 = ?

16 246,5973 • 15 699,6053 • 23 072,6493 • 15 699,3113 • 15 700,2783

	estimation inférieure	**estimation supérieure**
à l'unité		
au dixième		

b. 13,74 × 12,69 = ?

224,2176 • 15,3456 • 174,3606 • 153,2106 • 177,2276 • 171,3286

	estimation inférieure	**estimation supérieure**
à l'unité		
au dixième		

3 La densité de population d'une ville se calcule en divisant la population de cette ville par sa superficie. Le résultat est exprimé en nombre d'habitants par km².

Calculez les densités suivantes, arrondies au dixième près, et classez les villes par ordre décroissant de densité.

Exemple : Orléans : 116 000 hab., superficie de 27 km².
Densité ≈ 4 296 hab/km²

- Arles : 56 000 hab., superficie de 759 km². Densité ≈ ________ hab/km²
- Pau : 77 100 hab., superficie de 32 km². Densité ≈ ________ hab/km²
- Saint-Malo : 46 100 hab., superficie de 37 km². Densité ≈ ________ hab/km²

13 Périmètres : le carré, le rectangle, le triangle, le losange

Le **périmètre** d'une figure géométrique fermée est la mesure de son pourtour.

Pour un **rectangle**, le périmètre est égal à :

2 × (Longueur + largeur).

La longueur et la largeur doivent être converties **dans la même unité** pour le calcul.

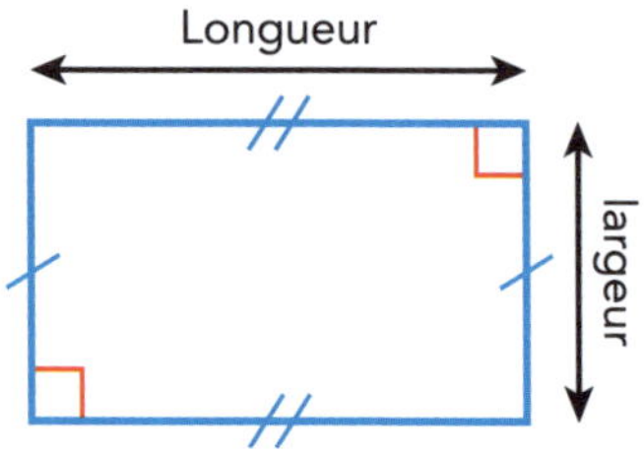

Dans une figure géométrique, on signale des côtés de même longueur par une petite barre ou deux petites barres.

Périmètre du **carré** :	**Périmètre** du **losange** :	**Périmètre** du **triangle** :
4 × côté	4 × côté	Somme des longueurs de ses trois côtés
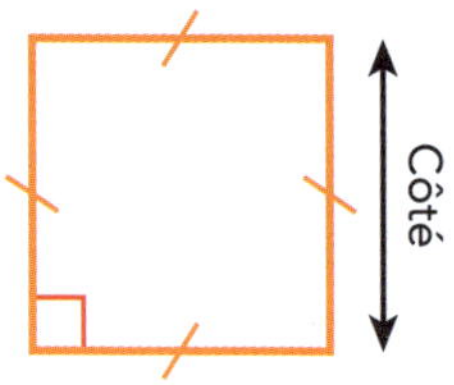	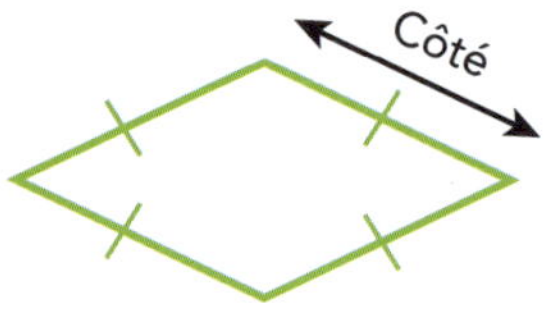	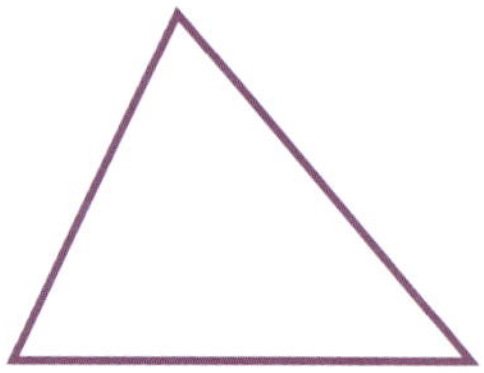

1 Calculez le périmètre des figures suivantes, en centimètres.

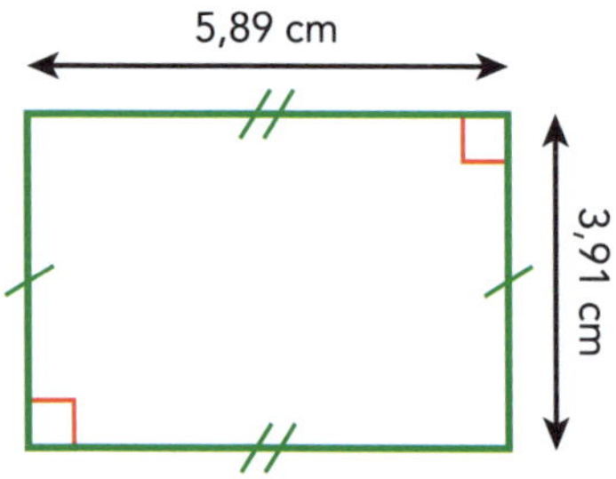

Périmètre = 2 × (______ + ______)
= ______ cm

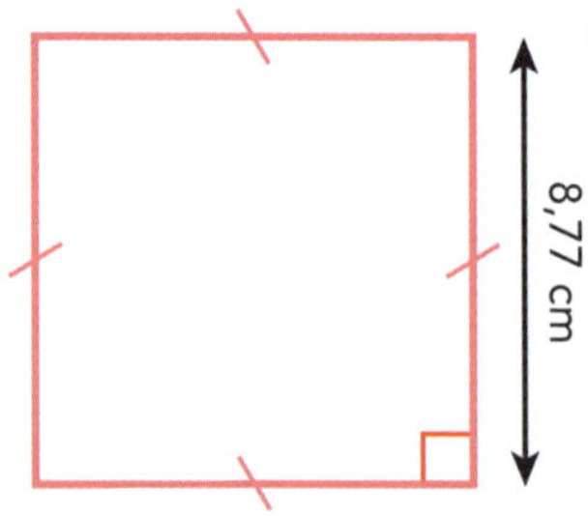

Périmètre = 4 × ______
= ______ cm

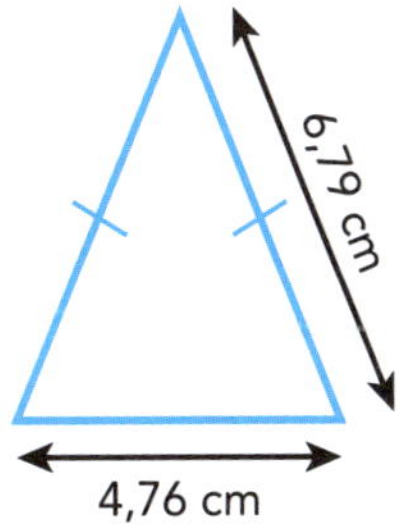

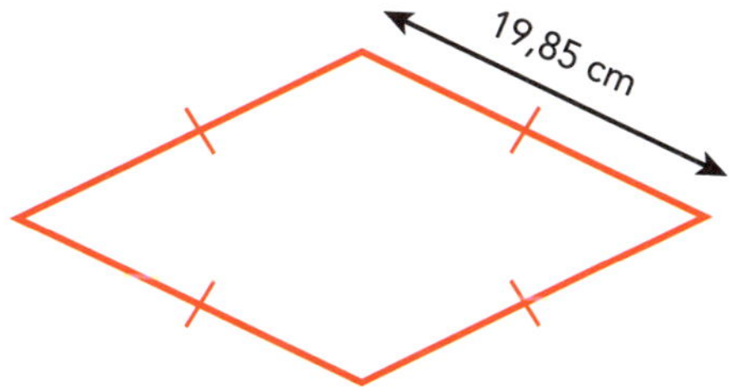

Périmètre = _______ + 2 × _______
= _______ cm

Périmètre = 4 × _______
= _______ cm

2 Déterminez le périmètre des figures suivantes et donnez le résultat dans l'unité voulue.

a. Carré de côté 7,873 dm.

Périmètre =

= *mm*

b. Triangle équilatéral de côté 718,73 m.

Périmètre =

= *km*

3 Un rectangle possède une longueur de 5,17 m et un périmètre de 17,78 m. Combien mesure sa largeur, en mètres ?

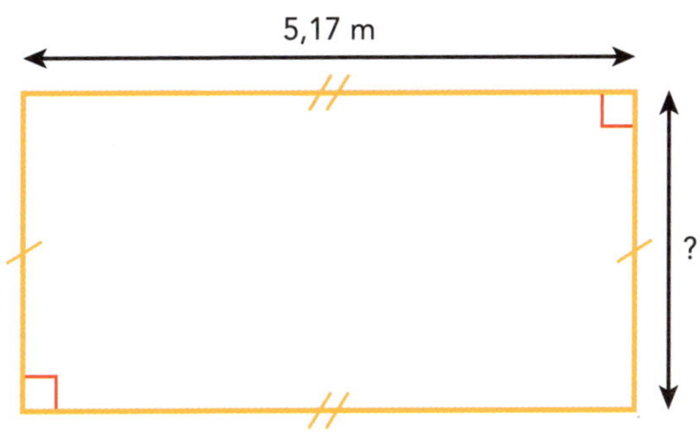

14 Périmètres : le cercle

Le **périmètre d'un cercle** se calcule à l'aide de la formule suivante :

périmètre = π × 2 × rayon

ou périmètre = π × diamètre

Dès l'Antiquité, les Grecs ont remarqué que le rapport entre le périmètre d'un cercle et son rayon semblait constant : ils ont appelé π (Pi) cette constante.

Le nombre π est un nombre dont on ne connaît pas la valeur exacte : 3,14159265… Pour les calculs, j'utilise une valeur approchée de π ≈ 3,14.

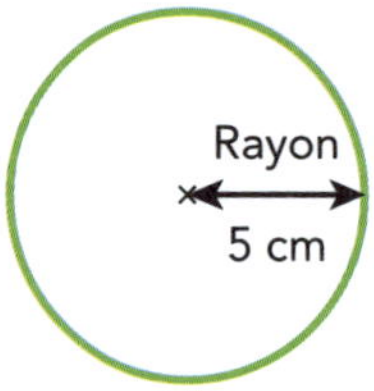

Périmètre ≈ 3,14 × 2 × 5
≈ 31,4 cm

Le périmètre est arrondi au centième près, puisque le nombre π est donné à cette précision.

1 Calculez le périmètre des figures suivantes, en centimètres. Le résultat sera arrondi au centième de centimètre près.

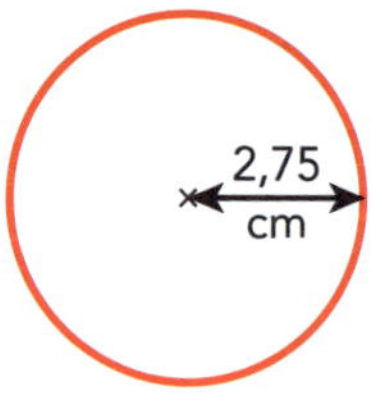

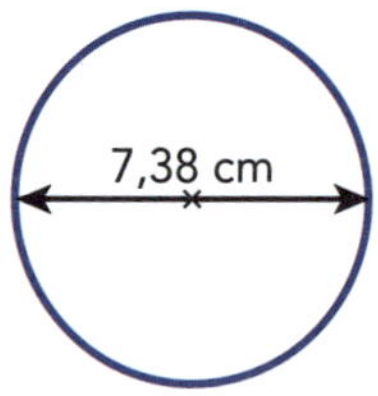

π × (2 × rayon) :

Périmètre = ____________ cm

π × diamètre :

Périmètre = ____________ cm

2 Déterminez le périmètre des figures suivantes et convertissez le résultat dans l'unité demandée.

a. Cercle de rayon 3,75 m

Périmètre = ... m = ...

b. Cercle de diamètre 8,18 m

Périmètre = ... m = ... cm

c. Demi-cercle de rayon 2,95 dm

Périmètre = ... dm = ... m

d. Cercle de diamètre 9,7 hm

Périmètre = ... hm = ... m

e. Cercle de rayon 14,7 mm

Périmètre = ... mm = ... m

3 Voici un carré de côté 1,78 m. Quel est le périmètre du plus grand cercle qu'on puisse inclure dans ce carré ?

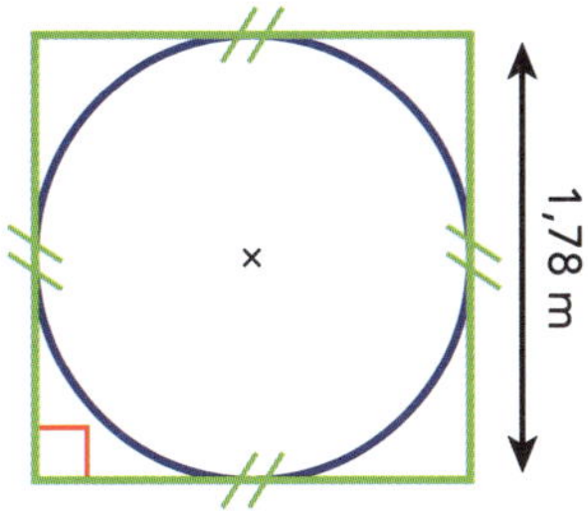

15 Périmètres : les figures composées

Le **périmètre d'une figure composée** de polygones et de portions de cercle se détermine en calculant la **somme des longueurs des côtés extérieurs**.

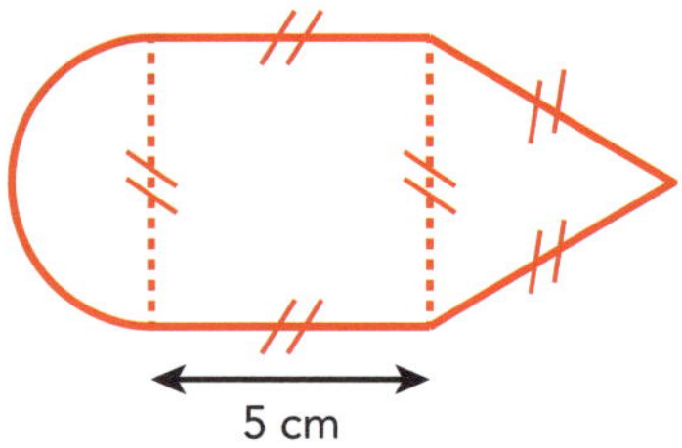

Demi-cercle : 3,14 × 5 ÷ 2 = 15,7 ÷ 2
= 7,85 cm

Partie « carré » : 2 × 5 = 10 cm

Partie « triangle » : 2 × 5 = 10 cm

Périmètre = 7,85 + 10 + 10 cm
= 27,85 cm

Je fais bien attention aux côtés marqués de même longueur.

Je dois reconnaître des figures remarquables (carré, losange, triangle, cercle) afin de m'appuyer sur les formules de calcul que je maîtrise.

1 Calculez le périmètre de la figure composée ci-dessous.

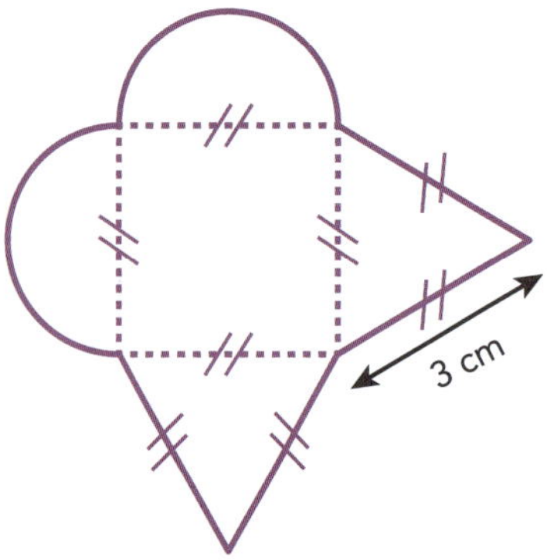

Je remarque que le pourtour de la figure est constitué de 4 fois la même longueur et de deux demi-cercles.

Périmètre d'un demi-cercle :

Longueur totale des 4 côtés égaux : 4 × = cm

Périmètre total : 2 × + = cm

2 Calculez le périmètre de la figure suivante :

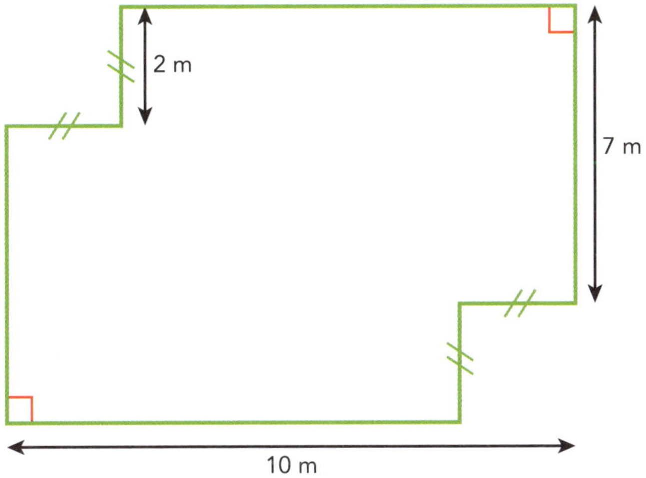

3 On souhaite calculer le périmètre de la demi-couronne suivante :

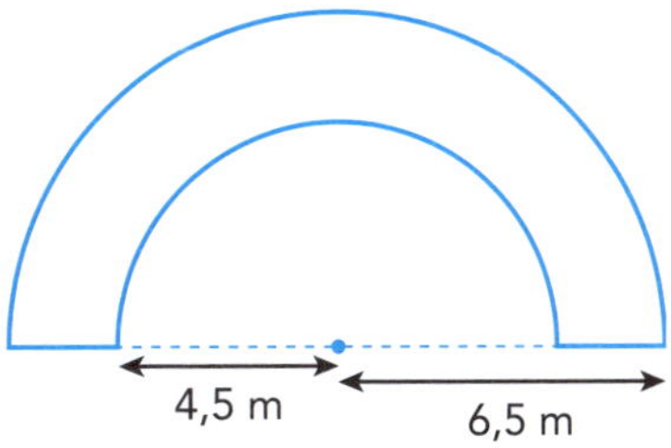

Périmètre du petit demi-cercle =

Périmètre du grand demi-cercle =

Périmètre total =

16 Problèmes : périmètres

Résolvez les problèmes suivants. Posez les opérations nécessaires au brouillon.

1 L'entreprise LogiMat doit mesurer le périmètre de la pièce suivante, afin de prévoir la quantité de peinture adéquate pour ses murs. Déterminez le périmètre de la pièce à peindre.

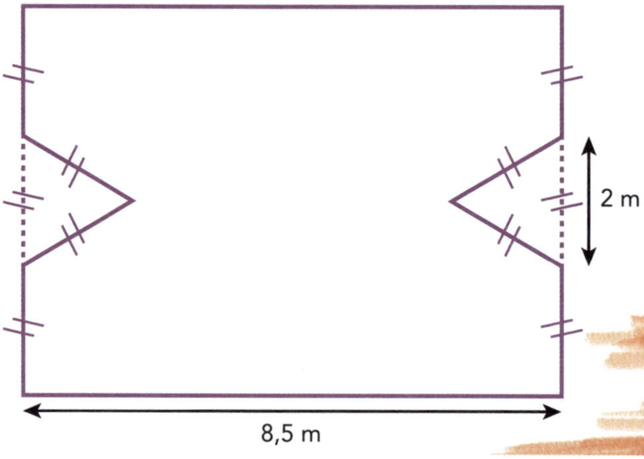

2 Donner un coup de pédale fait avancer un vélo d'une distance égale au périmètre d'une de ses roues. Le vélo de Romain possède deux roues identiques de 70 cm de diamètre.

a. En douze coups de pédale, quelle distance parcourt-il ?

b. Combien de coups de pédale doit-il donner, au minimum, pour parcourir les 1,5 km qui le séparent de son école ?

3 René possède un potager rectangulaire de longueur 8,5 m et de largeur 4,7 m, aux coins duquel se trouvent quatre chênes, donc le tronc mesure, pour chacun, 1,60 m de diamètre. Il souhaite clôturer son potager.

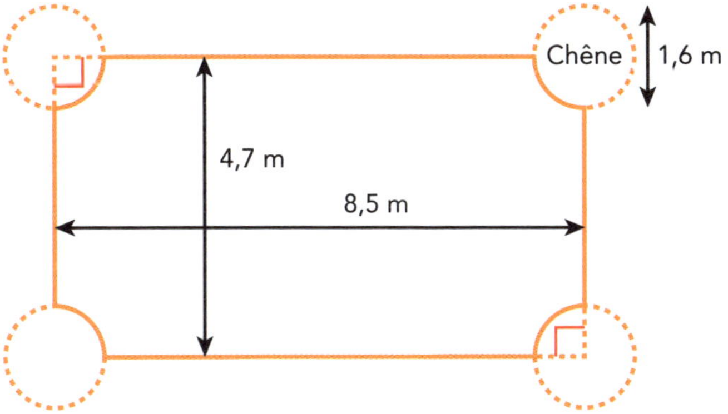

a. Déterminez le périmètre de ce potager.

Périmètre d'un tronc = ... × ... = ... m

Périmètre total des quatre coins arrondis = ... m

Rayon d'un tronc = ... ÷ 2 = ... m

Longueur − 2 × rayon = ... − ... = ... m

Largeur − 2 × rayon = ... − ... = ... m

Longueur totale des côtés droits = 2 × (...) + 2 × (...)

= ... m

Périmètre total = côtés droits + coins arrondis

= ... + ... = ... m

b. Le magasin de bricolage propose du grillage à la découpe à 2,50 € le mètre. Combien cela va-t-il coûter à René ?

Coût de la clôture = ... × ...

= ... €

17 Unités d'aire : conversions

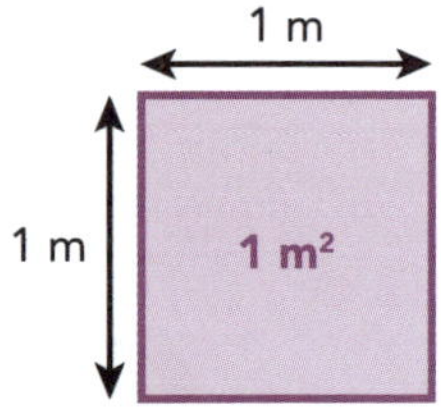

10 000 m^2 = 100 dam^2 = 1 hm^2

25 000 cm^2 = 2,5 m^2 = 0,025 dam^2

km^2		hm^2 ha (hectare)		dam^2 a (are)		m^2		dm^2		cm^2		mm^2	
			1	0	0	0	0						
					0	0	2	5	0	0	0		

Un **are** (a) est une mesure agraire désignant une surface égale à 100 m^2.
Un **hectare** (ha) vaut 100 ares.

Pour additionner ou soustraire des aires, on vérifie qu'elles sont exprimées dans la même unité :

2,513 m^2 + 2 312 cm^2 = 2,513 m^2 + 0,2312 m^2 = 2,7442 m^2

1 Convertissez les aires suivantes dans l'unité demandée.

5,465 m^2 = ... cm^2 • 2 250 dam^2 = ... dm^2

24 651 mm^2 = ... dm^2 • 7 845 000 cm^2 = ... m^2

0,9781 km^2 = ... dam^2 • 6 548 m^2 = ... hm^2

2 Convertissez les aires suivantes dans l'unité voulue.

2 250 m^2 = ... a • 7 850 a = ... m^2

3,850 km^2 = ... m^2 = ... ha

9 475 ha = ... m^2 = ... km^2

3 Effectuez les opérations suivantes en les posant, puis donnez le résultat dans l'unité voulue.

a. 3,275 m^2 + 2 541 cm^2

= m^2 + m^2

= m^2

b. 32 875 dam^2 – 1,3487 km^2

= km^2 – km^2

= km^2

4 Résolvez les problèmes suivants. Posez les opérations nécessaires au brouillon.

a. La maison de madame Millon occupe une surface au sol de 122 m^2 et est entourée d'un terrain de 0,378 ha.
Quelle est la surface totale de sa propriété ?

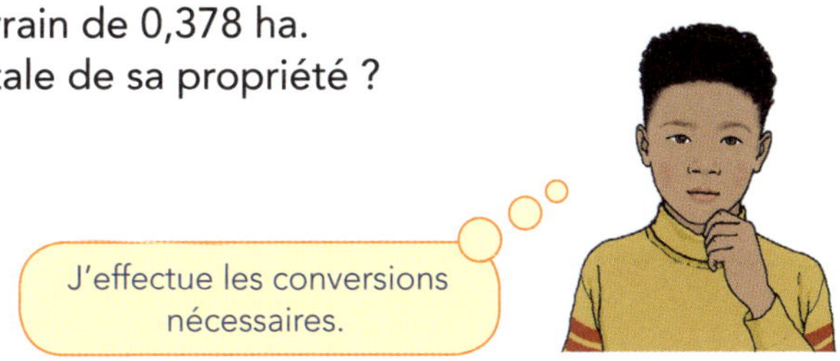

Surface = +

= m^2

b. Une équipe de nettoyeurs de vitres doit s'occuper d'un immeuble de bureaux dans un important quartier d'affaires. L'immeuble fait 12 étages, et à chaque étage, la surface extérieure vitrée se compose de 220 carreaux de 70 cm × 60 cm.
Calculez, en mètres carrés, la surface totale à nettoyer.

18 Aires : le rectangle, le carré, le triangle

Aire d'un rectangle :

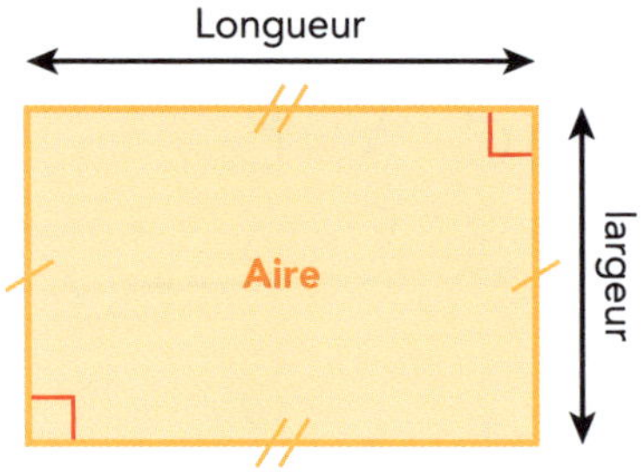

Aire = largeur × Longueur

Aire d'un triangle :

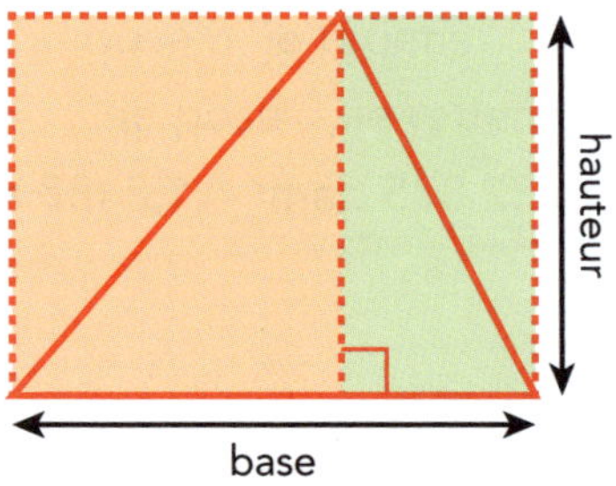

$$\text{Aire} = \frac{\text{base} \times \text{hauteur}}{2}$$

Aire d'un carré :

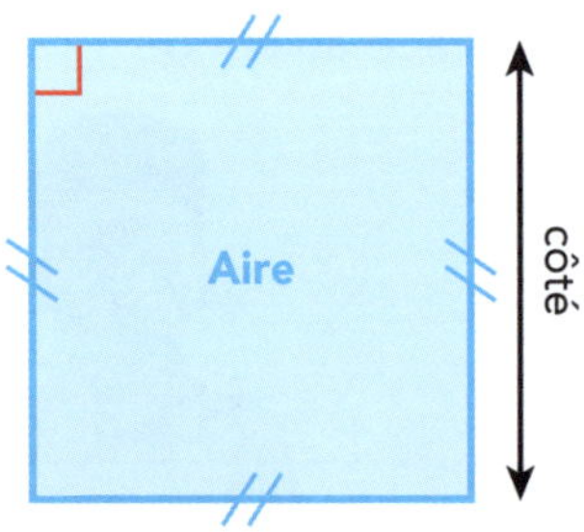

Aire = côté × côté

Les dimensions doivent être converties dans la même unité pour effectuer le calcul.

Pour un rectangle de longueur 24 dm et de largeur 150 cm :

Aire = 24 dm × 150 cm
= 24 dm × 15 dm = 360 dm^2

1 Déterminez l'aire des figures suivantes :

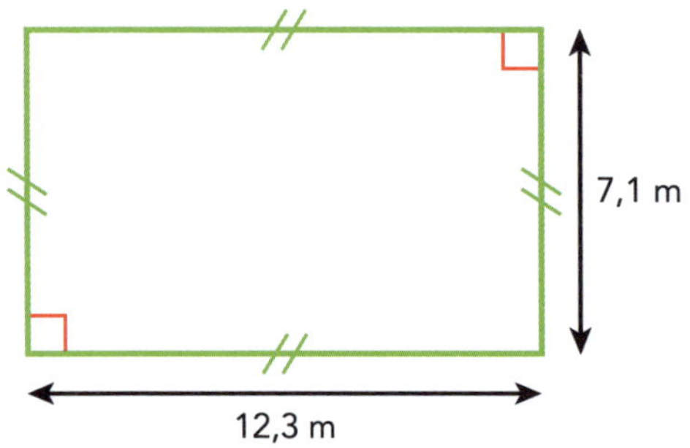

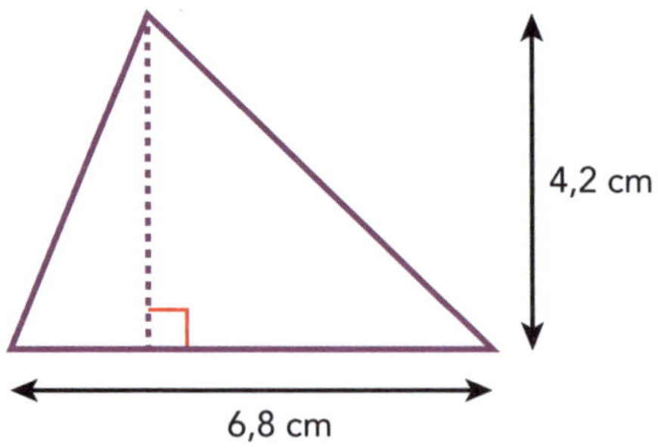

Aire = m × m
= m^2

$$\text{Aire} = \frac{\text{cm} \times \quad \text{cm}}{2}$$
= cm^2

2 Déterminez les aires suivantes en effectuant les conversions nécessaires.

a. Rectangle de longueur 251 m et de largeur 0,34 hm :

Aire = m × m

= m^2

b. Triangle de base 1,87 dm et de hauteur 39 mm :

Aire = $\frac{\text{mm} \times \text{mm}}{2}$

= mm^2

3 Déterminez la dimension manquante.

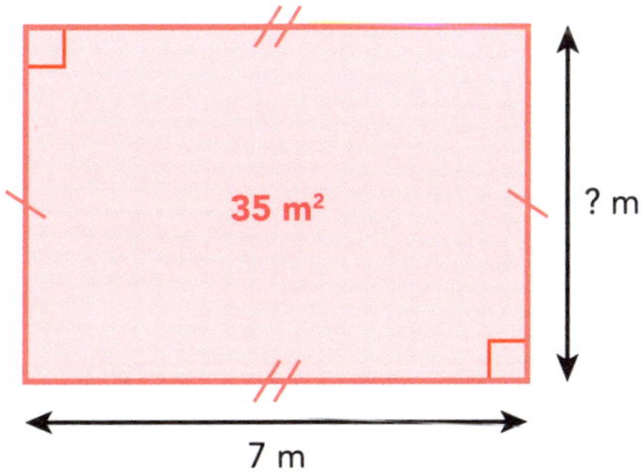

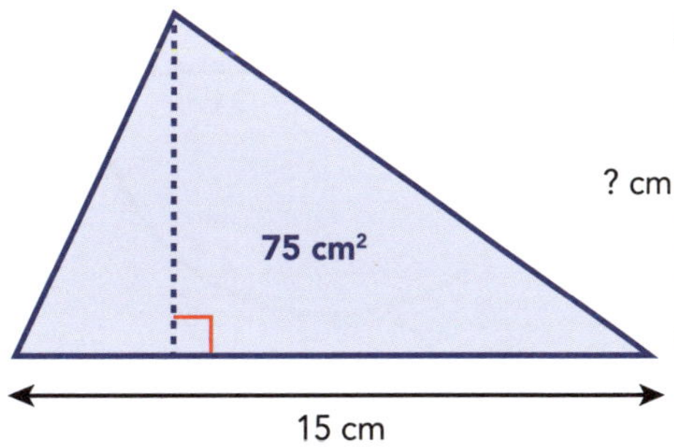

Largeur = ÷

= m

Hauteur = 2 × ÷

= cm

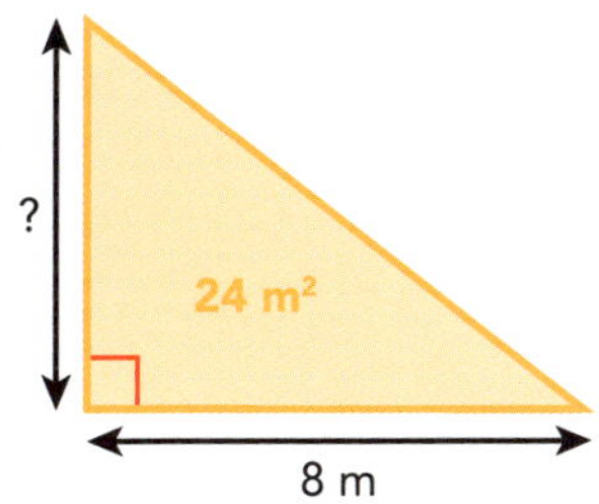

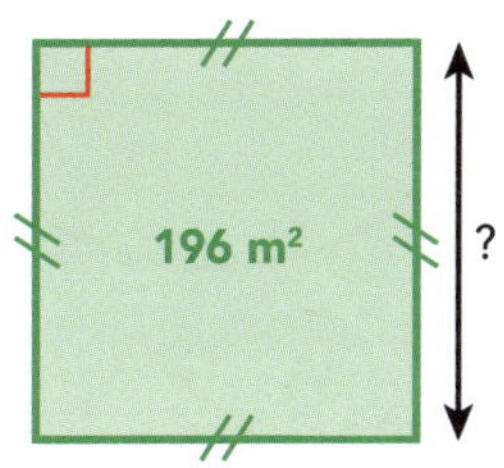

19 Aires : le disque

Un **disque** est la surface délimitée par un cercle.

Aire d'un disque :

Aire = $\pi \times (\text{rayon})^2$
= $\pi \times \text{rayon} \times \text{rayon}$

L'aire est exprimée dans le carré de l'unité du rayon :
Rayon en cm → Aire en cm^2
Rayon en m → Aire en m^2

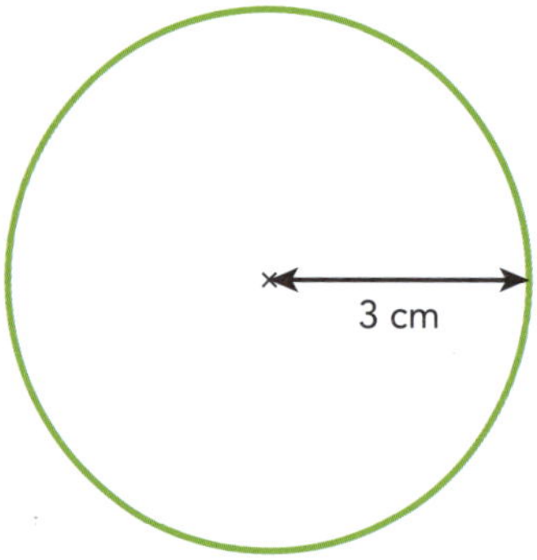

Aire = $3{,}14 \times 3 \times 3$
= $28{,}26\ cm^2$

1 Calculez l'aire des disques suivants :

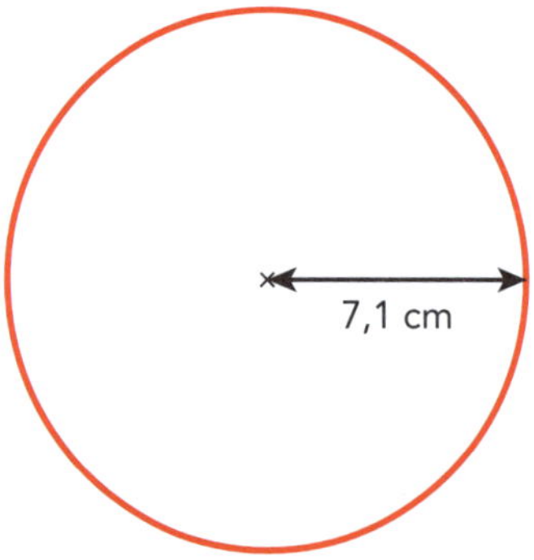

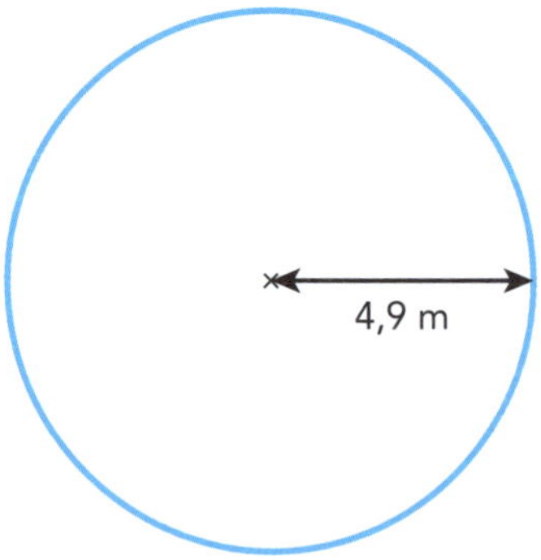

$(\text{Rayon})^2 = \quad \times$
$= \quad cm^2$

Aire = $\quad \times$
=

$(\text{Rayon})^2 = \quad \times$
$= \quad m^2$

Aire = $\quad \times$
=

2 On considère un cercle dont le rayon mesure 7,3 m.

a. Calculez son aire.

Rayon^2 = × = cm^2

Aire = × = cm^2

b. On double son rayon. Par combien l'aire a-t-elle été multipliée ?

3 On considère un carré de côté 5,7 cm, dans lequel on inscrit un cercle. Déterminez l'aire du cercle.

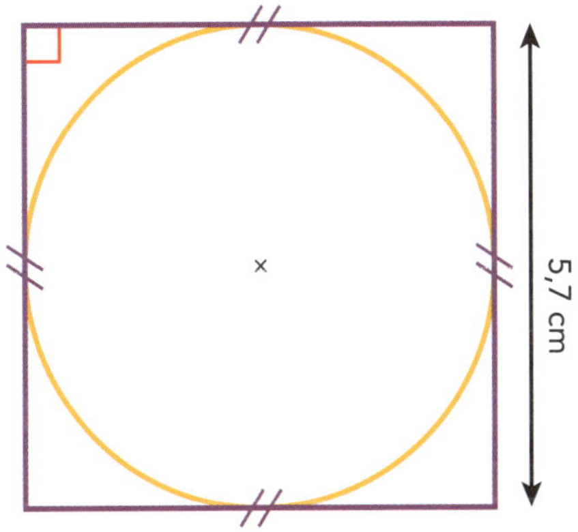

Rayon = ÷

= cm

(Rayon)^2 = ×

= cm^2

Aire = ×

= cm^2

4 On considère la figure ci-dessous : le grand cercle est de diamètre 5,4 m.

a. Déterminez le rayon d'un petit cercle.

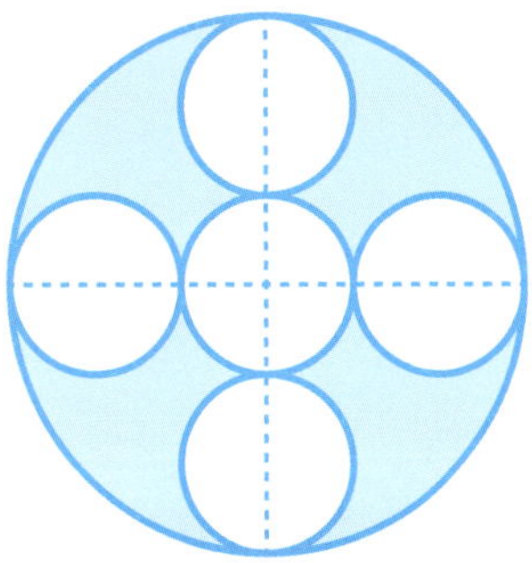

b. Déterminez l'aire d'un petit cercle, puis la totalité de l'aire en bleu.

20 Problèmes

Résolvez les problèmes suivants. Posez les opérations nécessaires au brouillon.

1 En vous aidant du plan ci-dessous, calculez l'aire de la cour de l'école.

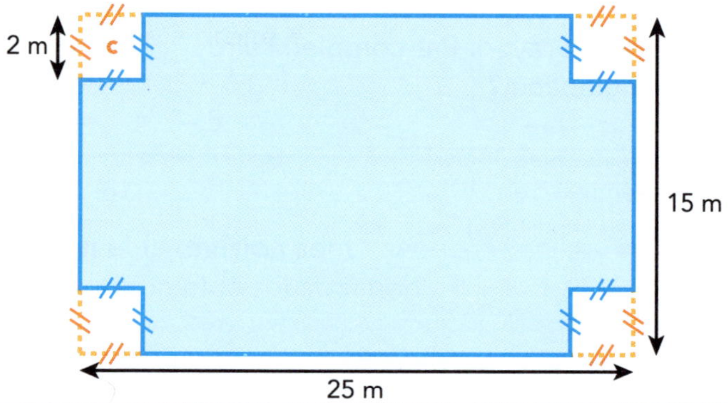

Aire du carré c = … × … = … m^2

Aire du grand rectangle = … × …

= … m^2

Aire de la cour = … m^2

2 Le hall de l'hôtel de ville est un octogone inscrit dans un carré, reproduit dans la figure ci-dessous. Déterminez son aire.

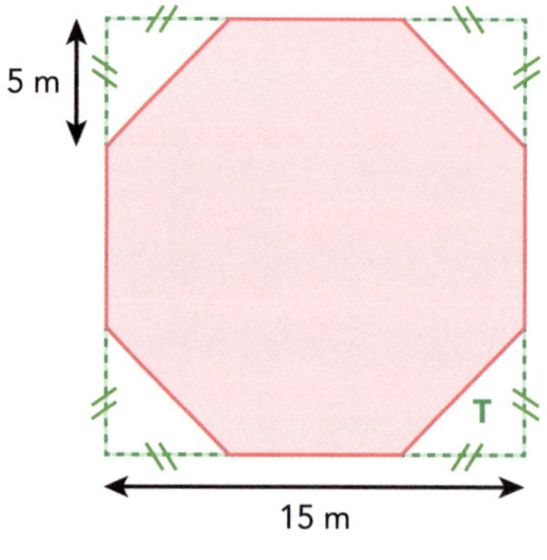

Aire d'un triangle T :

Aire = $\frac{\dots m \times \dots m}{2}$

= … m^2

Aire du grand carré :

… m × … m

= … m^2

Aire du hall : … − … = … m^2

3 Un nénuphar en forme de disque de rayon initialement égal à 30 cm grandit dans un étang rectangulaire de largeur 3 m et de longueur 5 m. Chaque jour, ce nénuphar triple de surface.

Au bout de combien de jours le nénuphar déborde-t-il de la surface de l'étang ?

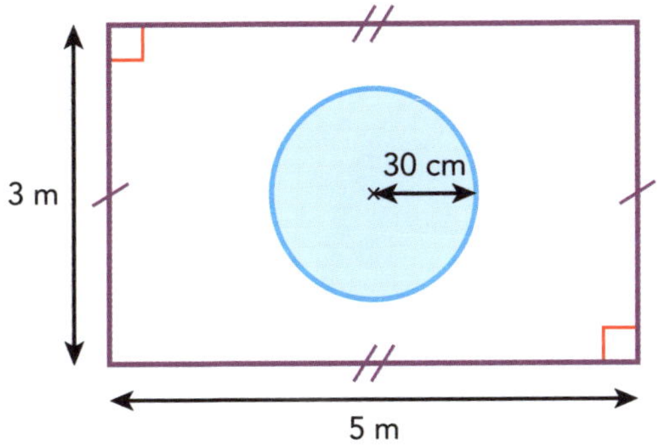

Aire de l'étang :

m × ______ m = ______ m^2

Jour	**Aire occupée par le nénuphar**
1	3,14 × ______ m × ______ m = ______
2	3 × ______________ = ______

Le nénuphar déborde de l'étang à partir du jour

puisqu'il occupe alors une aire de ______ m^2.

21 Mesure d'angles et tracés

La **mesure d'un angle** quantifie l'écartement entre deux demi-droites. Elle est donnée en **degrés** (°) et on la mesure à l'aide d'un **rapporteur**.

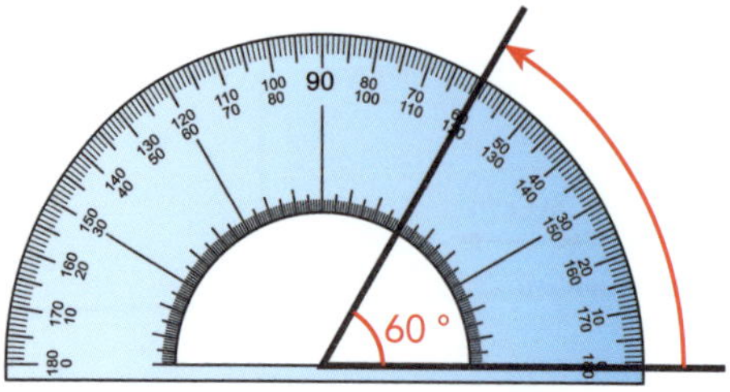

angle aigu (< 90°)

angle obtus (> 90°)

On utilise également le rapporteur pour tracer des angles de mesure donnée.

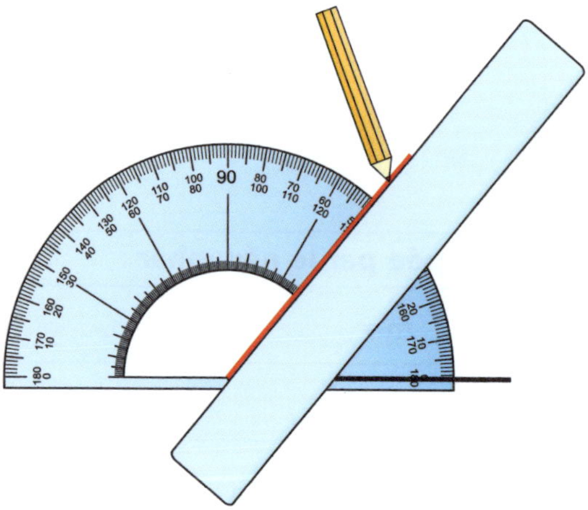

Pour mesurer un angle avec un rapporteur, je place la mire du rapporteur sur le sommet de l'angle et la base du rapporteur sur un des deux côtés.

1 Mesurez les angles ci-dessous à l'aide d'un rapporteur.

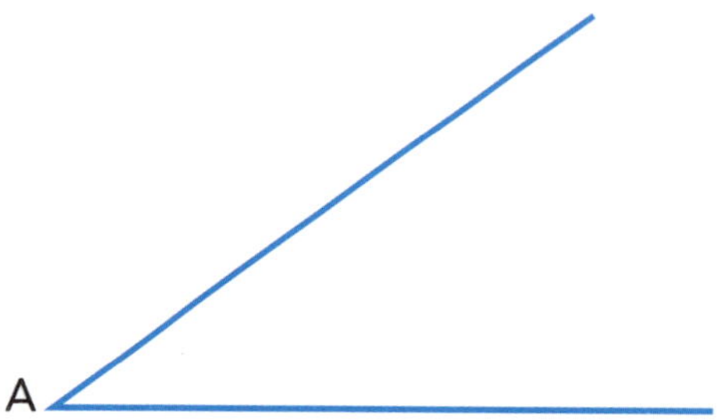

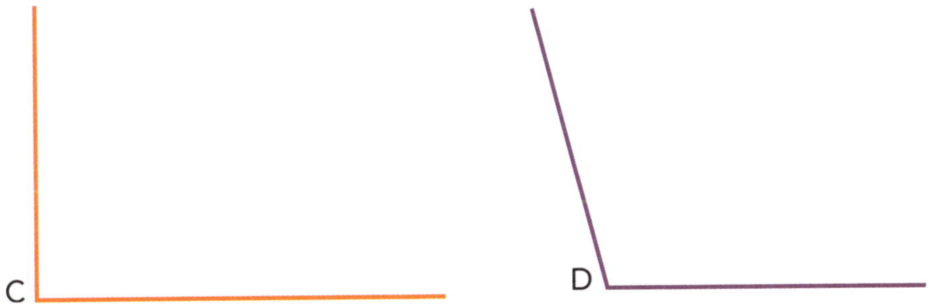

2 Tracez les angles ci-dessous, selon les indications données.

a. Un angle de 55° :

b. Un angle de 115° :

c. Un angle de 75° en A et un angle de 45° en B :

22 Somme des angles du triangle

La **somme** des mesures des **angles d'un triangle** est toujours égale à **180°**.

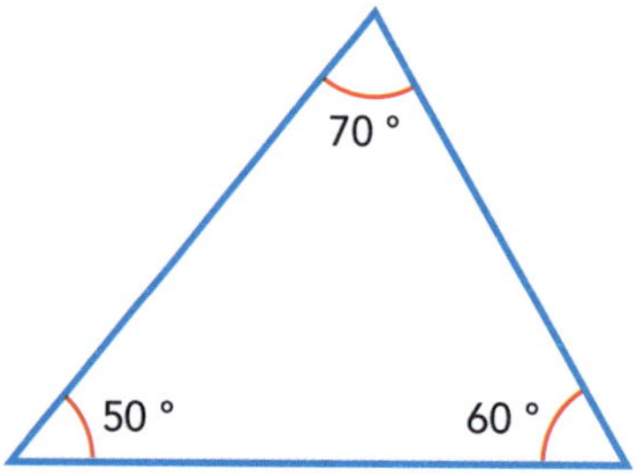

$50° + 70° + 60° = 180°$

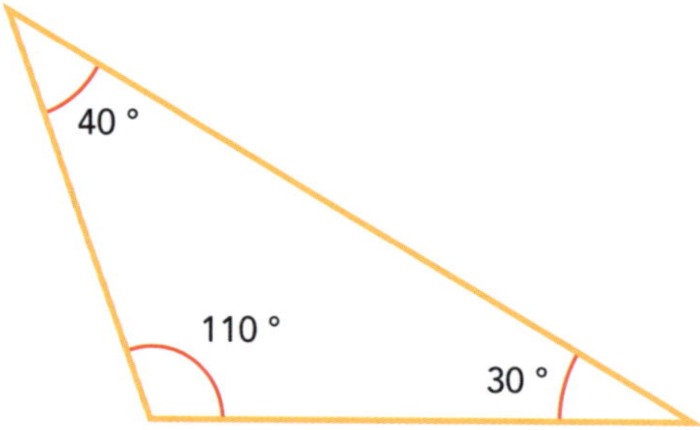

$110° + 40° + 30° = 180°$

On indique les angles égaux par une petite barre : 

On indique les angles droits par un petit carré : 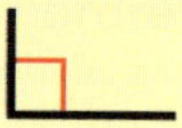

1 Pour chacun des triangles suivants, calculez la mesure de l'angle manquant.

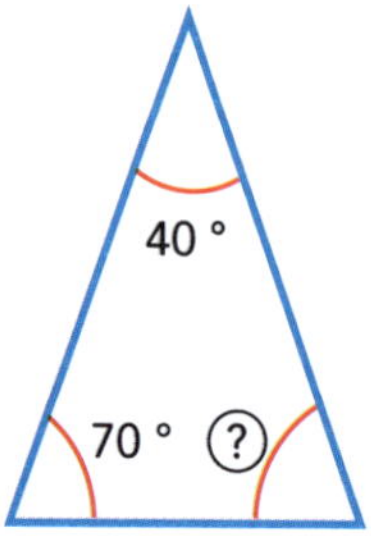

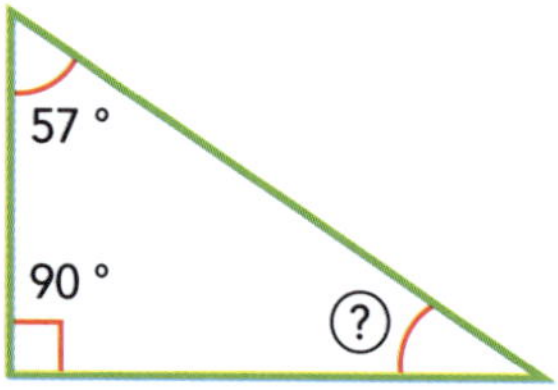

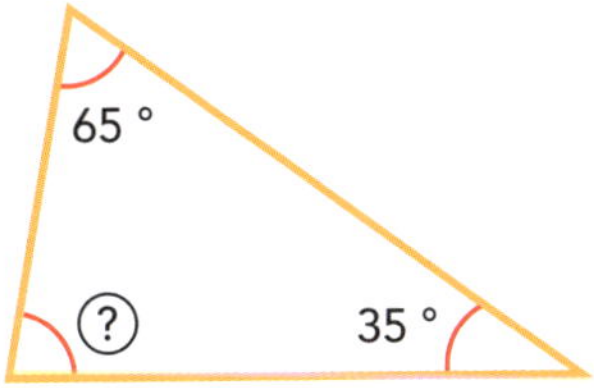

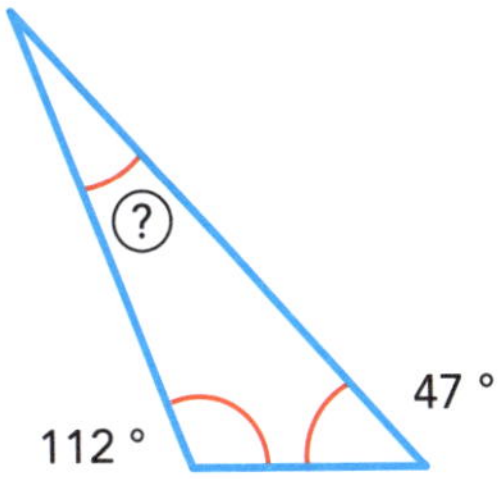

2 Pour chacun des triangles suivants, calculez la mesure de l'angle marqué d'un ?.

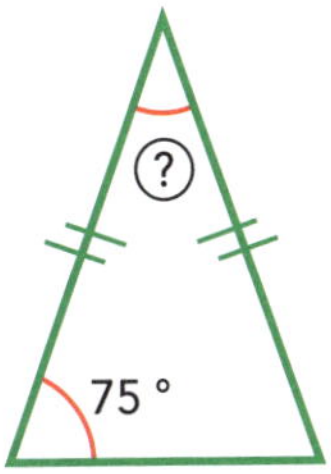

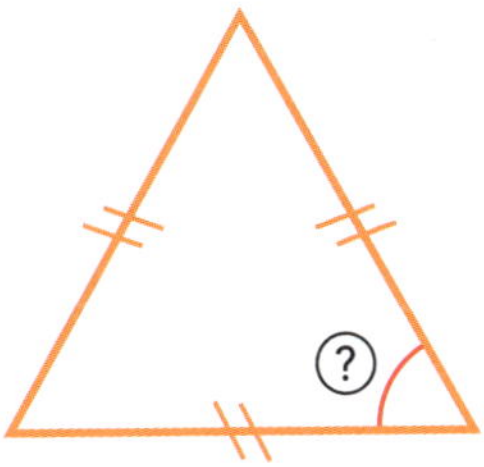

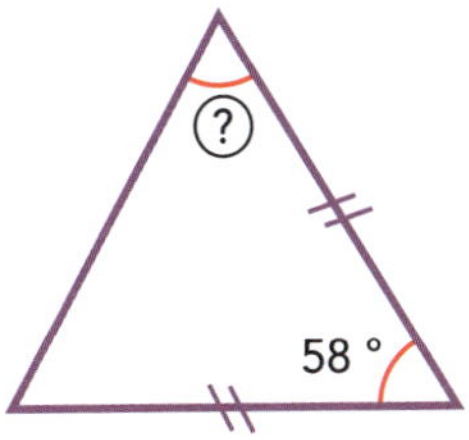

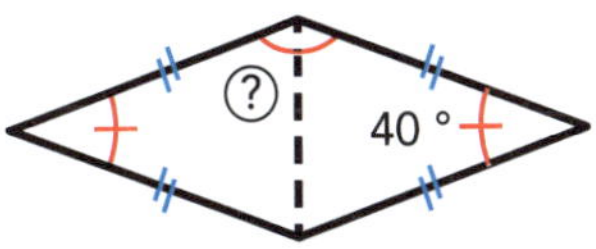

23 Déplacements sur un quadrillage

On peut décrire le **déplacement d'un point sur un quadrillage** grâce à une suite de symboles qui constitue un **programme** du trajet à accomplir.

Son point de départ et son orientation initiale sont indiqués par une flèche.

On **code** les différentes étapes de la manière suivante :

– aller tout droit et se déplacer d'une unité : ↑

– tourner à gauche (sans se déplacer) : ↰

– tourner à droite (sans se déplacer) : ↱

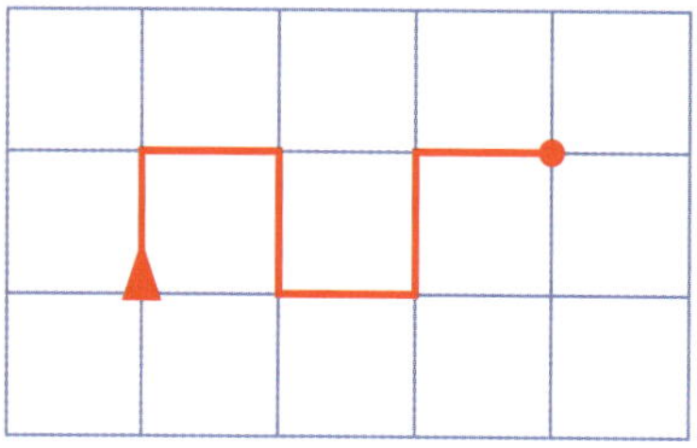

Le trajet ci-contre est codé par les étapes suivantes :

↑ ↱ ↑ ↱ ↑ ↰ ↑ ↰ ↑ ↱ ↑

1 Réalisez chaque trajet correspondant aux programmes suivants.

a. ↑ ↱ ↑ ↱ ↑ ↱ ↑

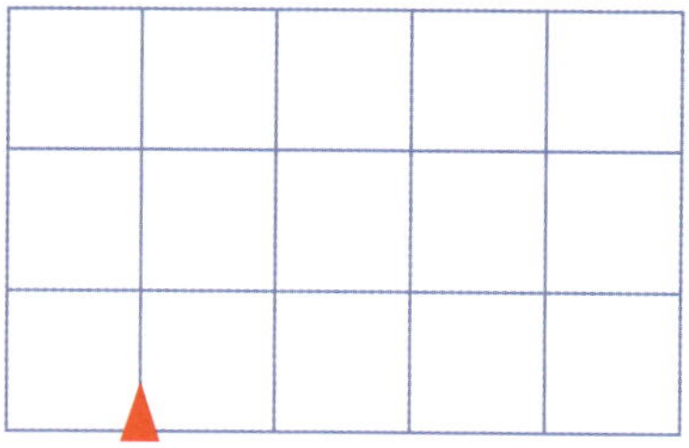

b. ↑ ↑ ↑ ↱ ↑ ↑ ↱ ↑ ↑ ↑

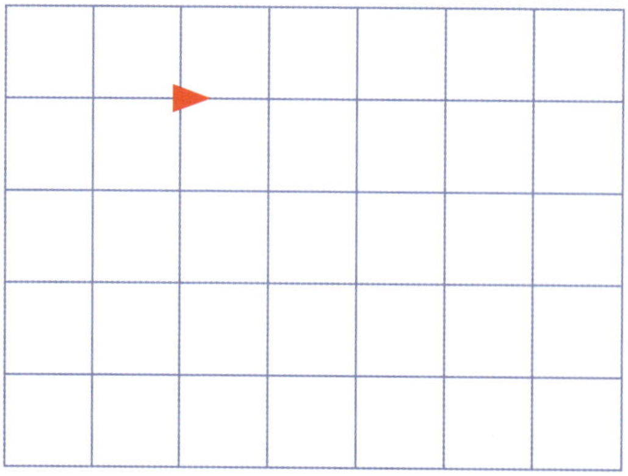

c. ↑ ↰ ↑ ↱ ↑ ↰ ↑ ↰ ↑ ↑ ↰ ↑ ↑

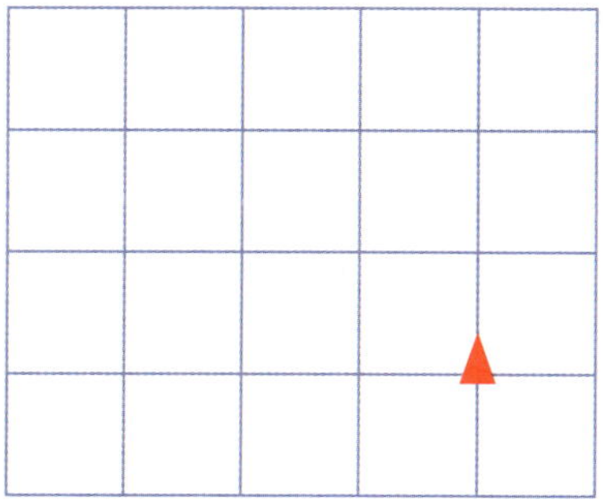

d. ↑ ↰ ↑ ↱ ↑ ↱ ↑ ↱ ↑ ↰ ↑ ↱ ↑ ↱ ↑

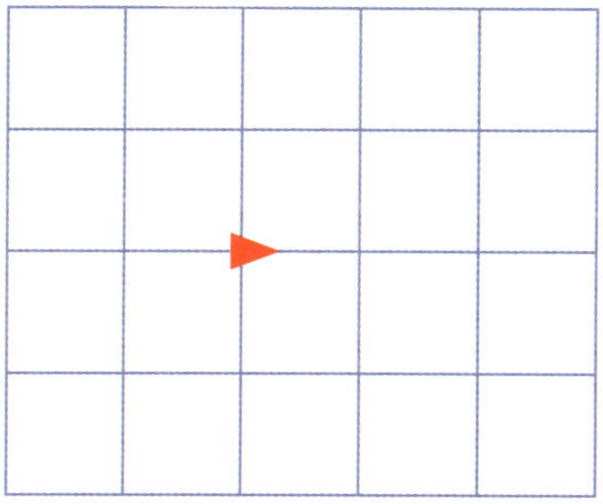

2 Complétez les programmes ci-dessous afin qu'ils réalisent chacun des trajets donnés.

a. ↑ □ ↑ ↰ ↑ □ ↑ □ ↱ ↑ □ ↑ ↰ ↑

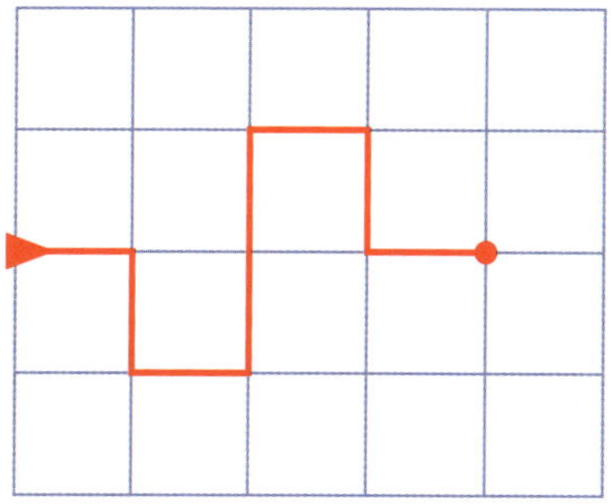

b. ↑ ↰ ↑ □ □ ↱ ↑ □ ↑ ↱ ↑ □ ↑ □ ↑

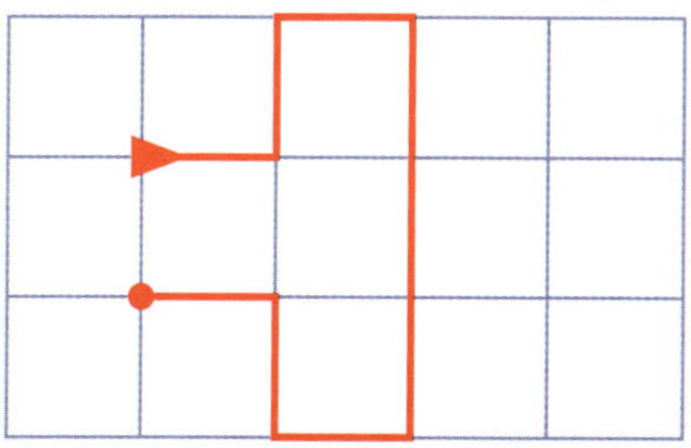

24 Problèmes : angles du triangle

Résolvez les problèmes suivants. Posez les opérations nécessaires au brouillon.

1 On considère le losange ci-dessous.

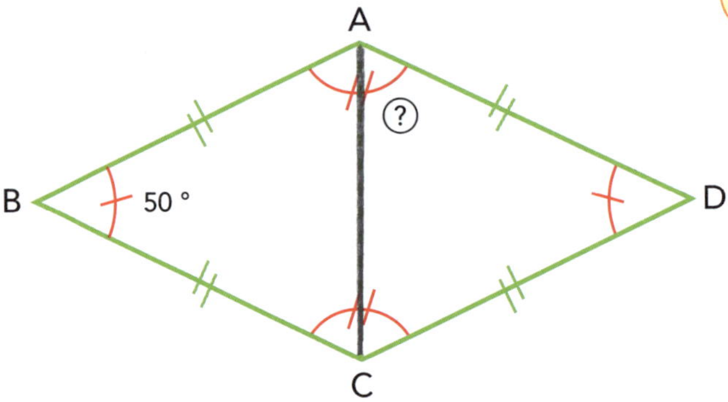

a. Combien vaut la somme des mesures des angles de ce losange ?

b. Calculez la mesure de l'angle $\widehat{BAD}$.

2 On considère le triangle rectangle isocèle ABC. Calculez la mesure des angles $\widehat{ABC}$ et $\widehat{ACB}$.

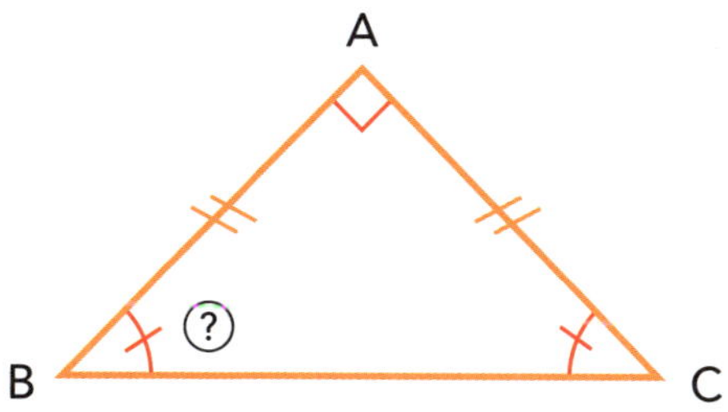

3 On considère le segment [AB] ci-dessous.

a. Tracez un angle de 50° en A et un angle de 65° en B.

b. Les deux demi-droites se coupent en C.
Quelle est la mesure de l'angle en C ?

c. Que peut-on dire du triangle ABC ?

25 Triangles remarquables

• Un **triangle isocèle** est un triangle ayant deux côtés égaux. Les deux angles portant les côtés égaux, $\widehat{ABC}$ et $\widehat{BCA}$, sont également égaux.

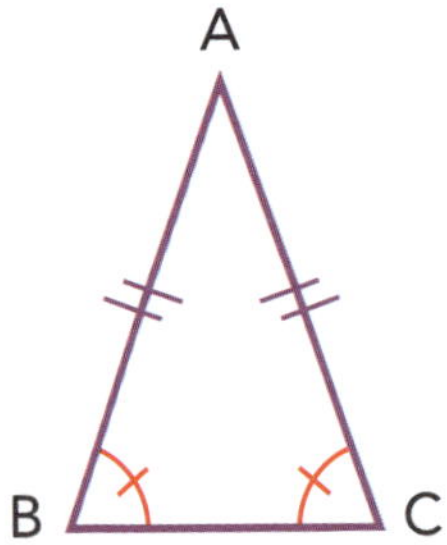

• Un **triangle équilatéral** est un triangle ayant trois côtés égaux. Ses angles sont également tous les trois égaux à 60°.

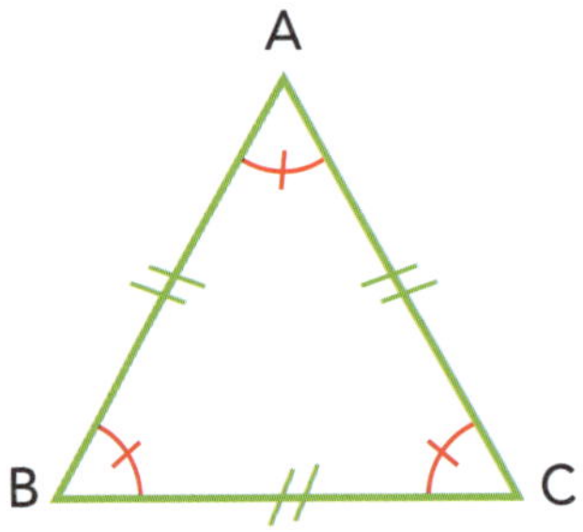

• Un **triangle rectangle** est un triangle possédant un angle droit. L'angle droit est égal à 90°.

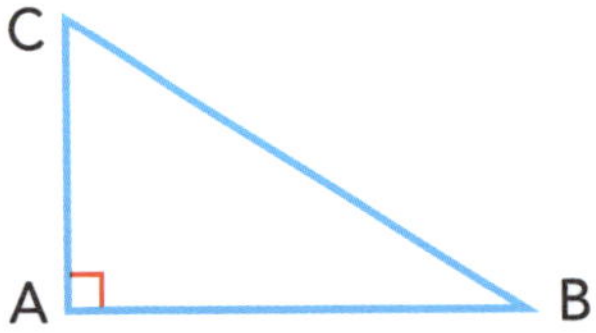

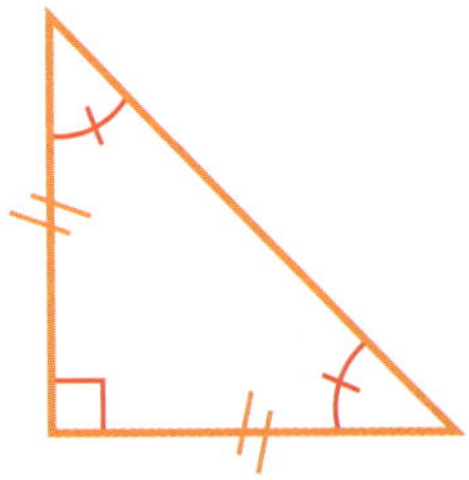

1 Déterminez la nature des triangles suivants : isocèle, rectangle, équilatéral, rectangle isocèle ou quelconque.

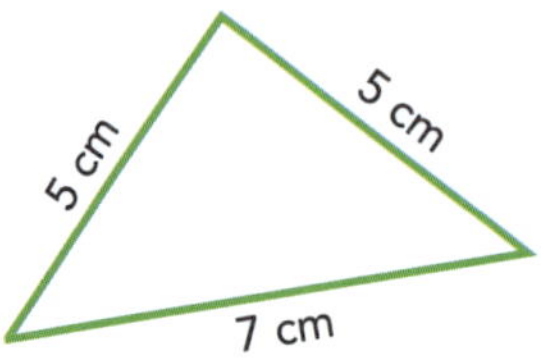

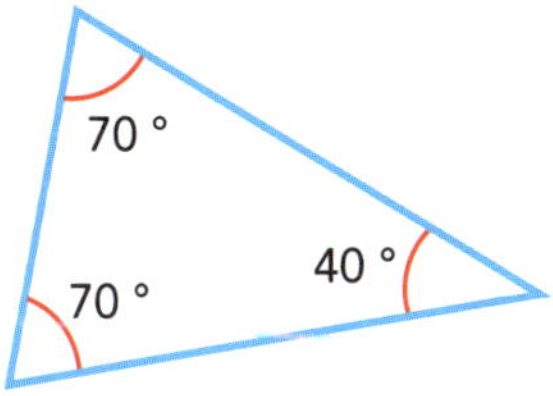

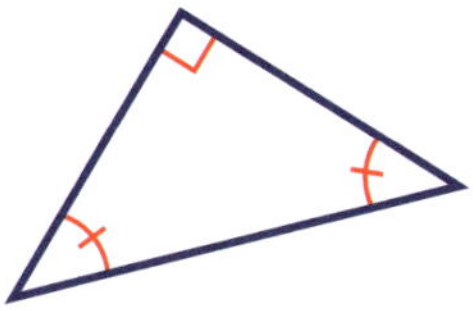

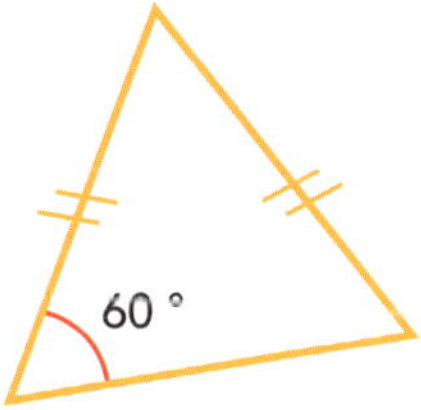

2 Calculez les grandeurs indiquées par un ? dans les figures suivantes :

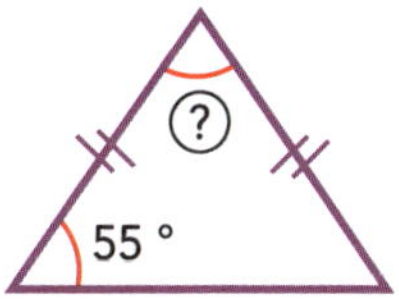

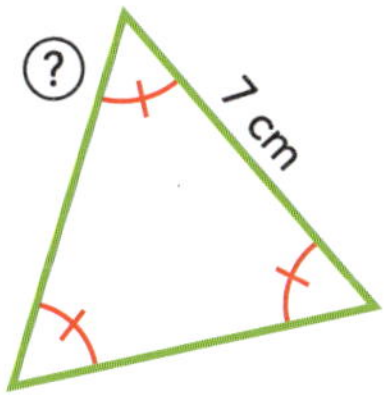

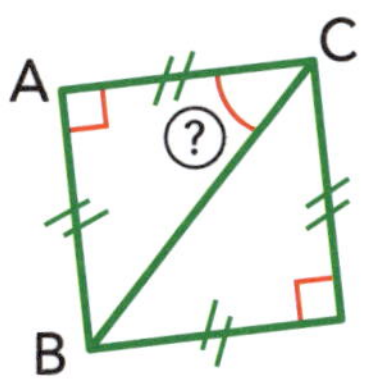

Le triangle ABC est en .

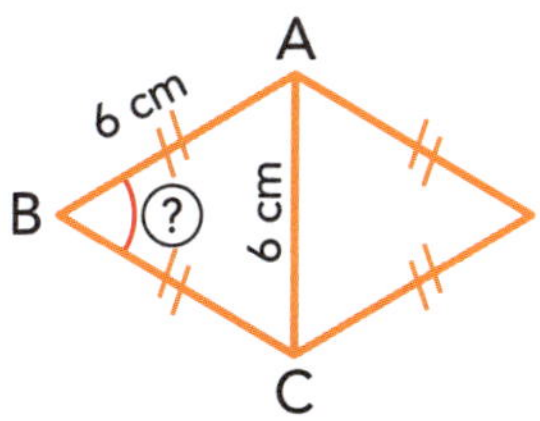

Le triangle ABC est .

26 Parallélogrammes remarquables

• Un **quadrilatère** est un polygone à quatre côtés.
La somme des angles d'un quadrilatère vaut 360°.

• Un **parallélogramme** est un quadrilatère dont les côtés opposés sont parallèles et les angles sont égaux deux à deux.

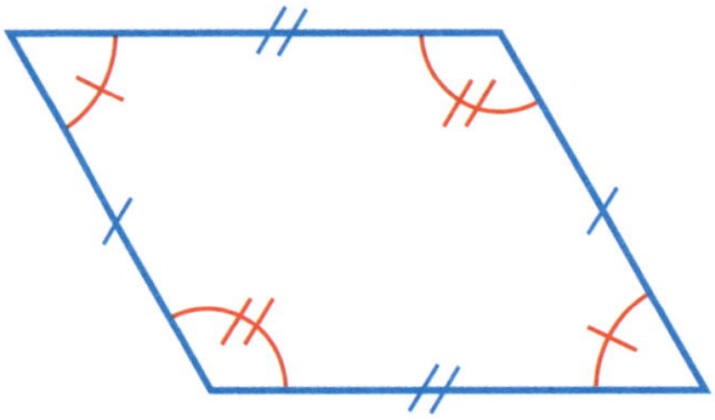

Parallélogrammes remarquables :

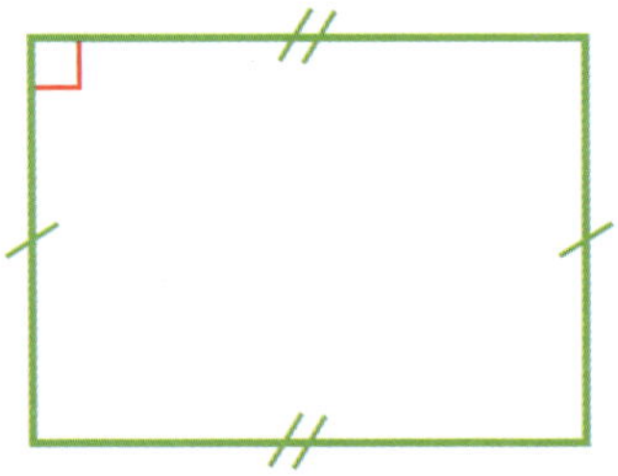

Un **rectangle** est un parallélogramme possédant quatre angles droits.

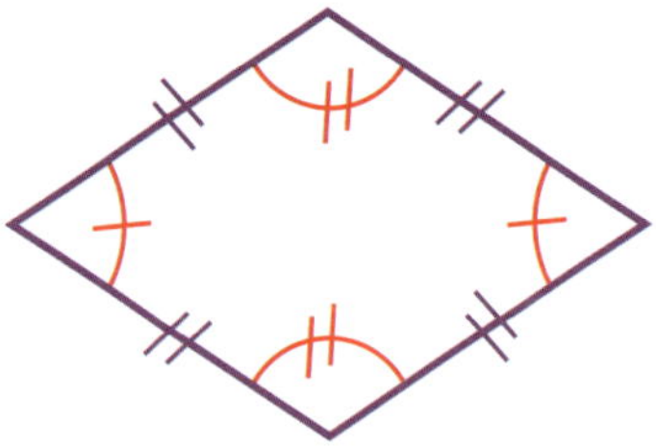

Un **losange** est un parallélogramme possédant quatre côtés égaux.

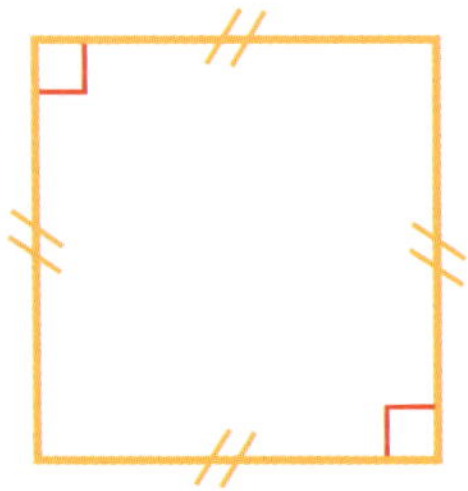

Un **carré** est un parallélogramme présentant quatre angles droits et quatre côtés égaux.
C'est à la fois un rectangle et un losange.

1 Précisez la nature des parallélogrammes suivants :

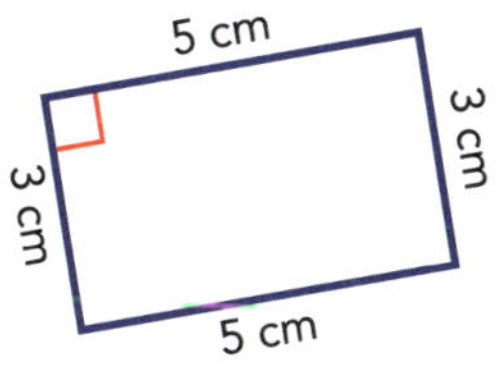

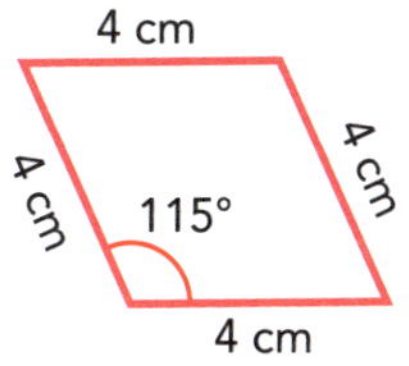

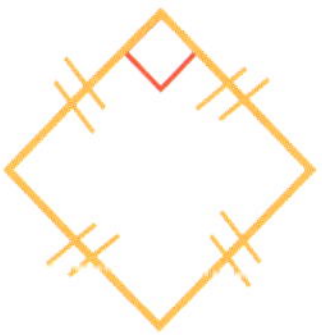

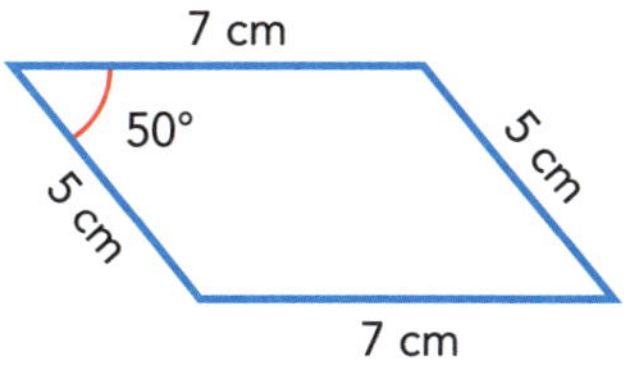

2 On considère le parallélogramme ABCD.

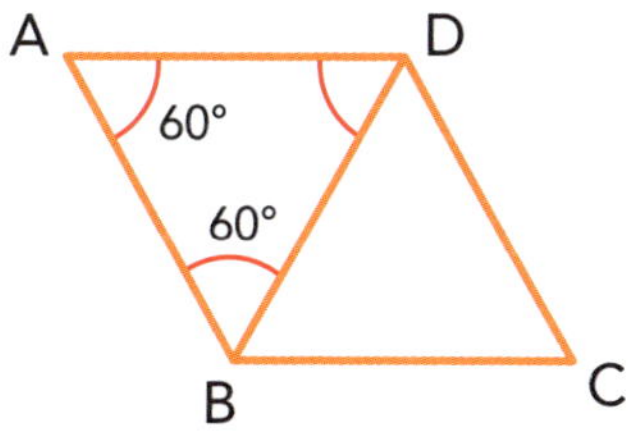

a. Calculez la mesure de l'angle $\widehat{ADB}$.

b. Qu'en déduire pour le triangle ABD, puis pour le parallélogramme ABCD ?

27 Trapèzes

Un **trapèze** est un quadrilatère présentant deux côtés opposés parallèles.

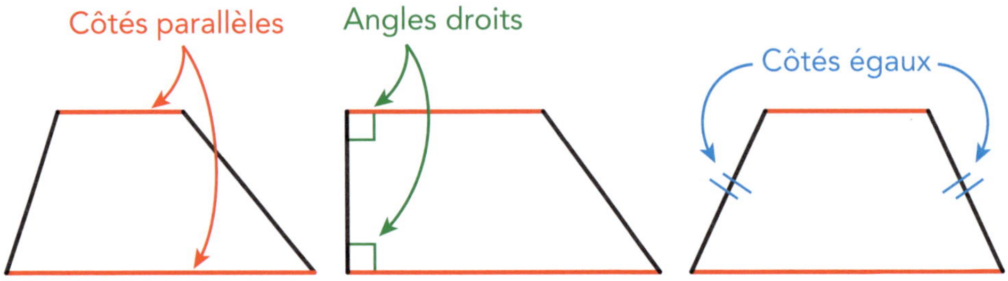

Trapèze quelconque Trapèze rectangle Trapèze isocèle

Un parallélogramme est un trapèze particulier dont les bases sont de même longueur, c'est-à-dire que ses côtés sont parallèles deux à deux.

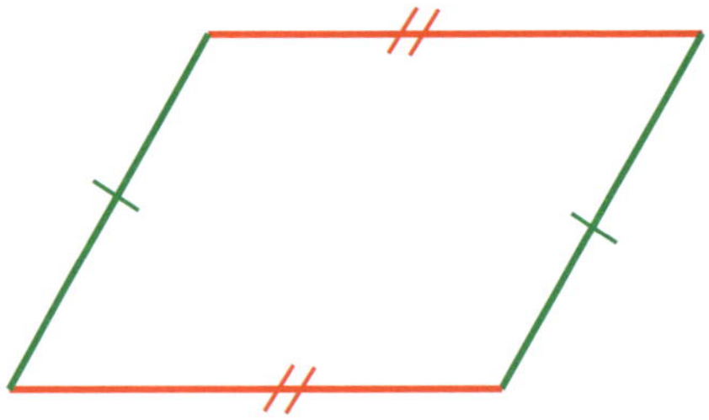

$$\textbf{Aire du trapèze} = \frac{\textbf{(base B + base b)} \times \textbf{hauteur h}}{\textbf{2}}$$

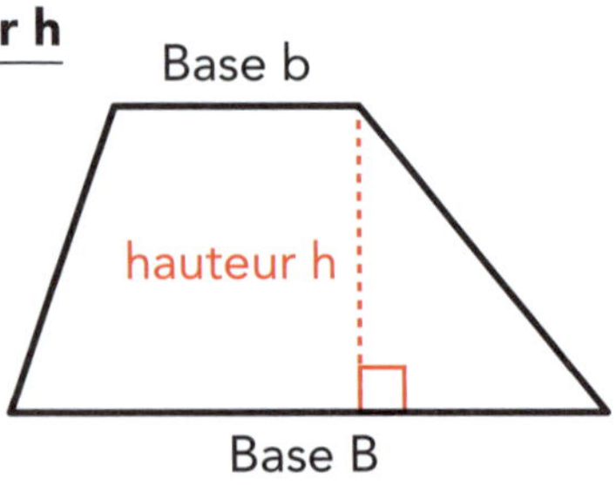

1 Déterminez la nature des quadrilatères ci-dessous.

Les côtés parallèles entre eux sont indiqués en rouge ou en vert.

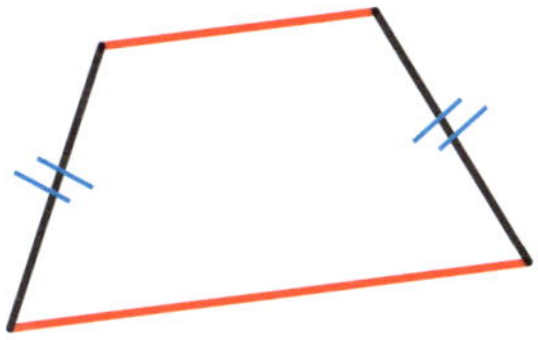

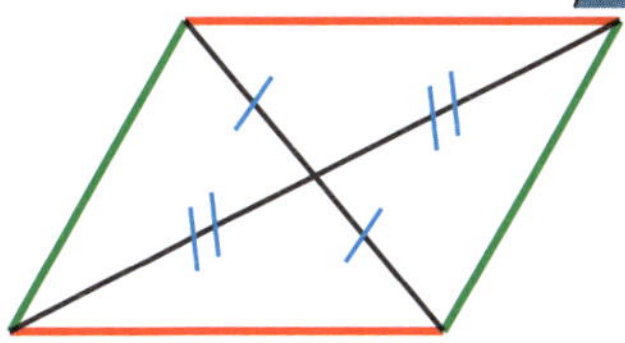

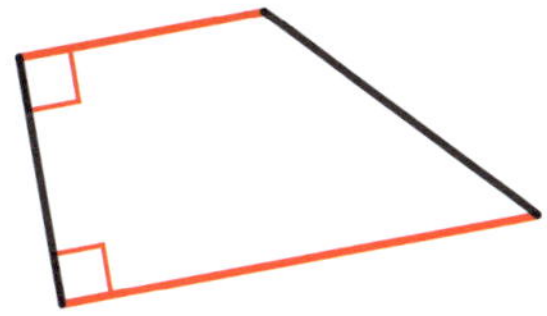

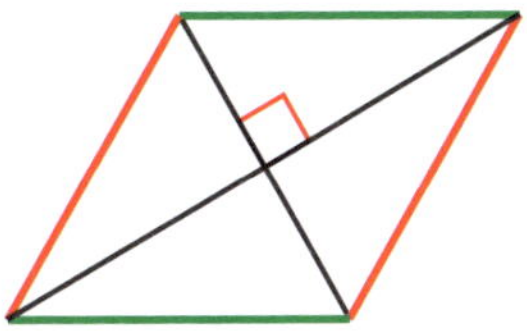

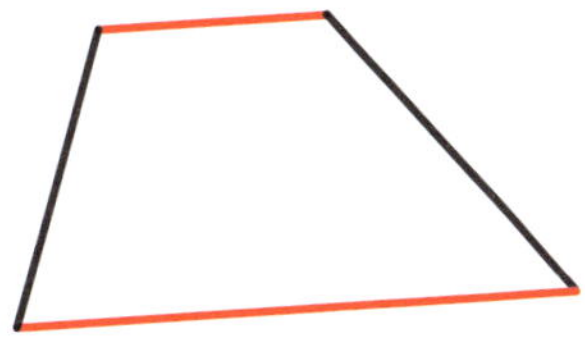

2 Calculez l'aire des figures suivantes :

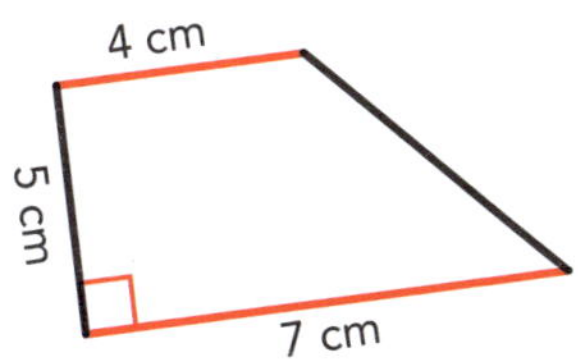

Aire = ______________________

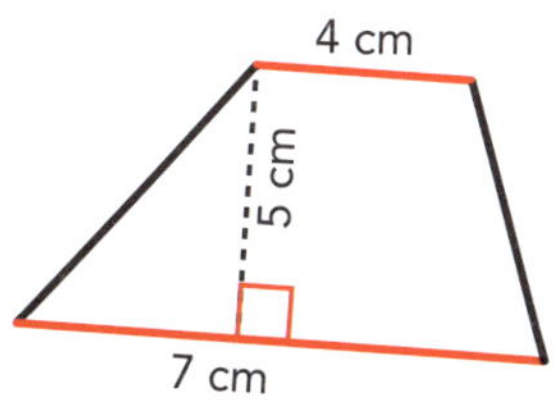

Aire = ______________________

Quelle que soit la forme du trapèze (rectangle, isocèle, quelconque), ce sont ses dimensions qui importent pour connaître son aire.

28 Polygones réguliers

• Un **polygone** est une figure géométrique plane fermée qui comporte plusieurs côtés. Un polygone ne peut donc être ni un cercle, ni une figure non fermée.

• Un **polygone régulier** est un polygone présentant des côtés égaux et des angles égaux.

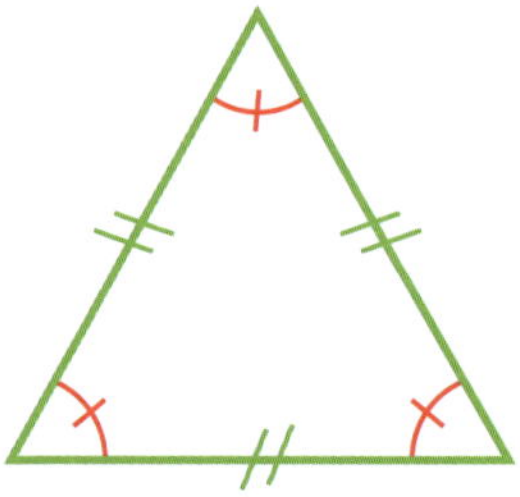

Triangle équilatéral

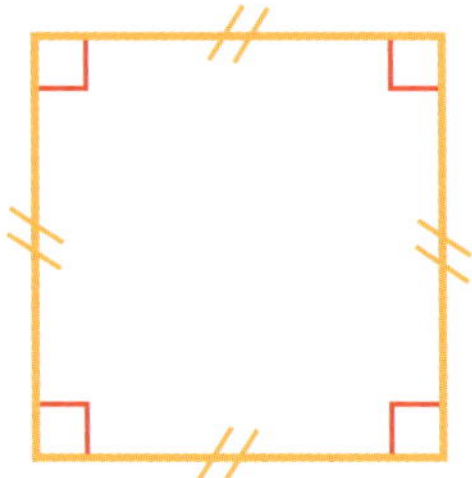

Carré

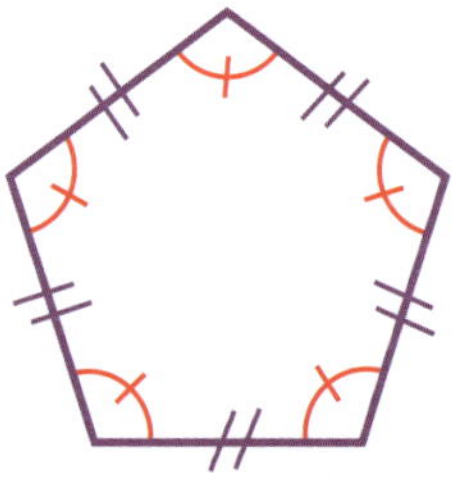

Pentagone régulier

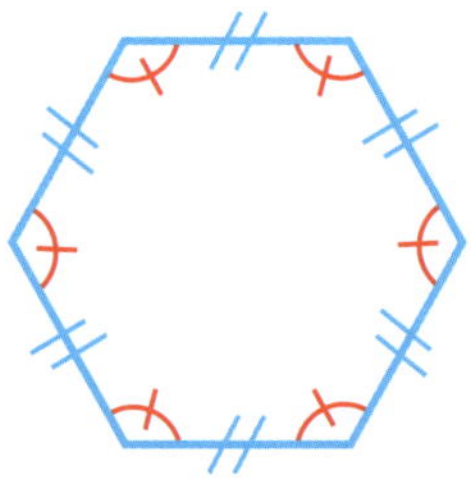

Hexagone régulier

1 On considère la figure en page suivante.

a. Quelle est la nature du quadrilatère ABCD ?

b. À l'aide d'un compas et d'une règle, tracez, sur la figure, la médiatrice du segment [AB] et celle du segment [BC].

c. On obtient quatre nouveaux points sur le cercle, ce qui fait huit points en tout. Reliez-les : quelle figure obtient-on ?

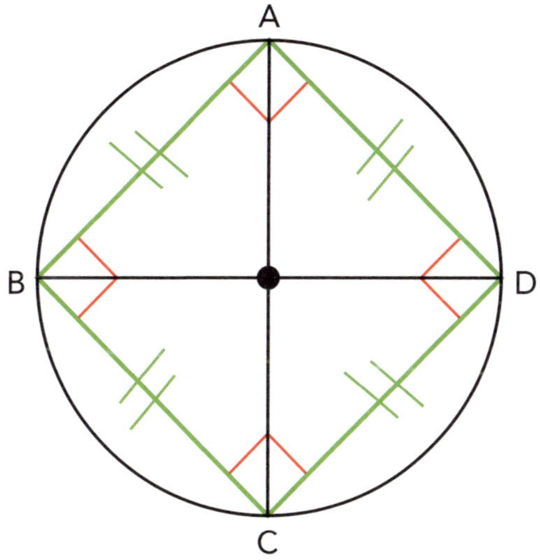

2 On donne la figure ci-dessous, où le triangle ABC est équilatéral.
En vous inspirant de l'exercice précédent, construisez sur cette même figure un hexagone régulier.

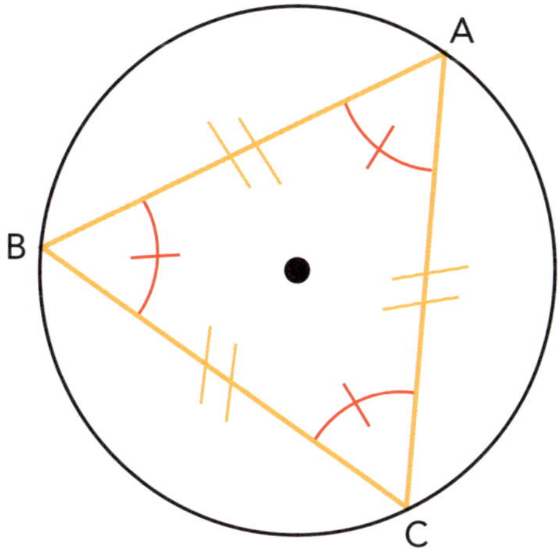

29 Problèmes

Résolvez les problèmes suivants. Posez les opérations nécessaires au brouillon.

1 On considère la figure ci-dessous.

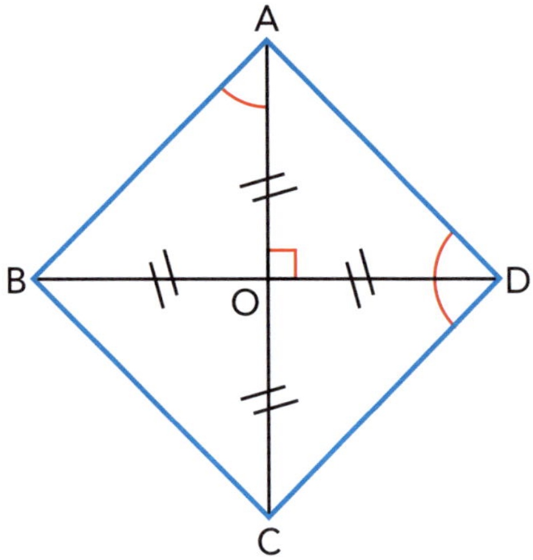

a. Déterminez la mesure de l'angle $\widehat{BAO}$.

b. Quelle est la mesure de l'angle $\widehat{ADC}$?

c. Que dire du triangle ABO ?

d. Que dire du triangle ABC ?

Et du quadrilatère ABCD ?

2 On considère le parallélogramme ABCD suivant :

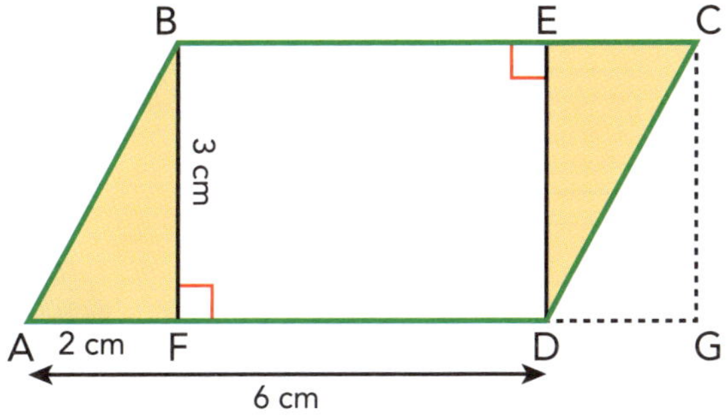

a. Calculez l'aire du triangle ABF et celle du triangle ECD.

b. Calculez l'aire du rectangle BEDF et déduisez-en celle du parallélogramme ABCD.

c. Calculez l'aire du rectangle BCGF, puis comparez à celle du parallélogramme ABCD.

30 Addition et soustraction de fractions de même dénominateur

Voici quelques exemples de **fractions** :

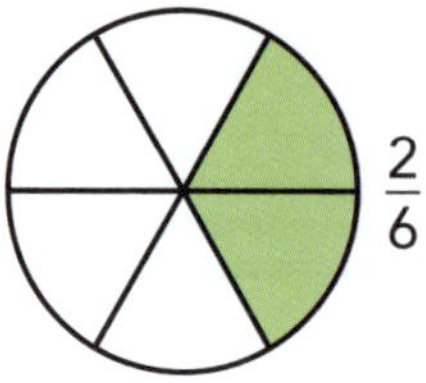

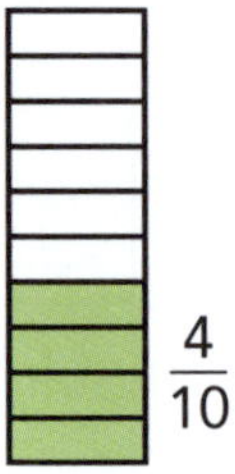

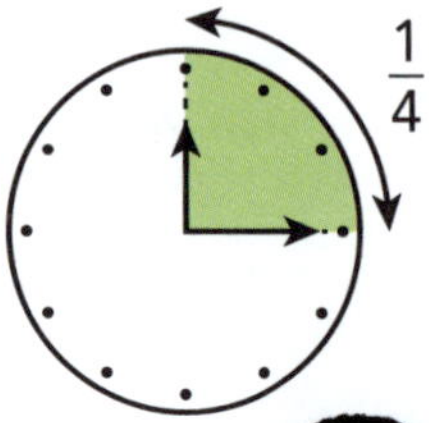

Une fraction s'écrit sous la forme suivante :

$\frac{4}{7}$ 4 ← numérateur ; 7 ← dénominateur

On peut **additionner** ou **soustraire** des fractions lorsqu'elles ont le **même dénominateur**. On additionne ou on soustrait alors le numérateur.

addition : $\frac{4}{7} + \frac{5}{7} = \frac{9}{7}$

soustraction : $\frac{15}{13} - \frac{9}{13} = \frac{6}{13}$

1 Dans chacune des situations suivantes, écrivez les quantités sous forme de fraction et effectuez l'opération attendue.

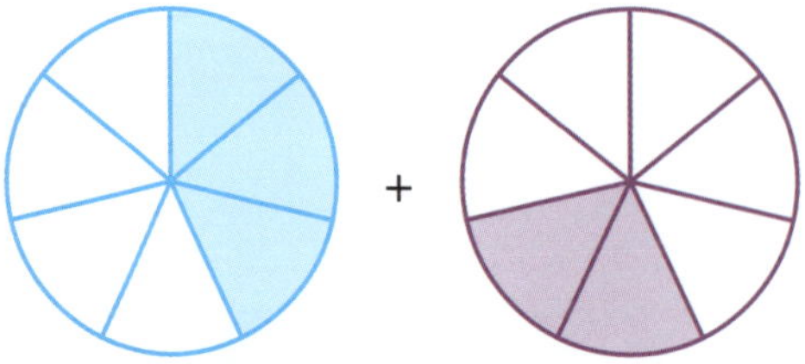

$\frac{3}{7} + \frac{2}{7} = \frac{5}{7}$

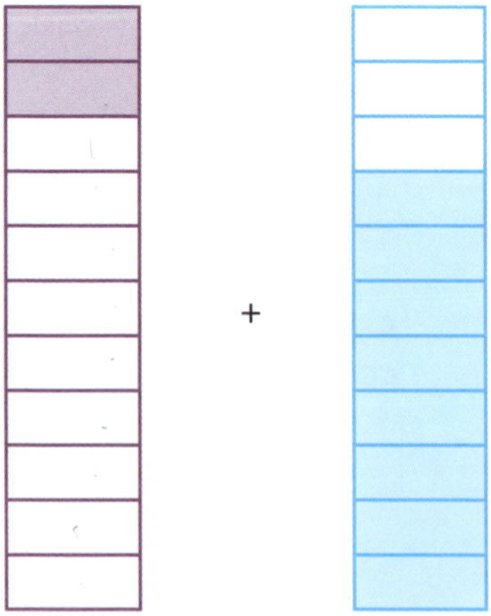

$\frac{2}{11} + \frac{9}{11} = \frac{10}{11}$

2 Dans chacune des situations ci-dessous, dessinez les fractions manquantes et complétez le dessin afin de trouver le résultat indiqué.

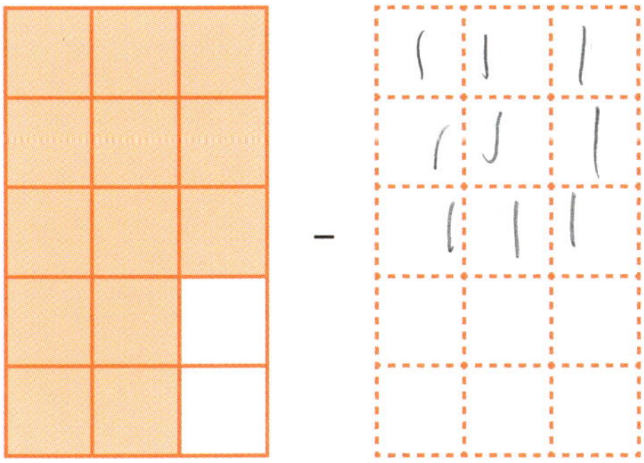

$\frac{3}{15} + \frac{1}{15} = \frac{4}{15}$

$\frac{4}{5} + \frac{5}{5} = \frac{9}{5}$

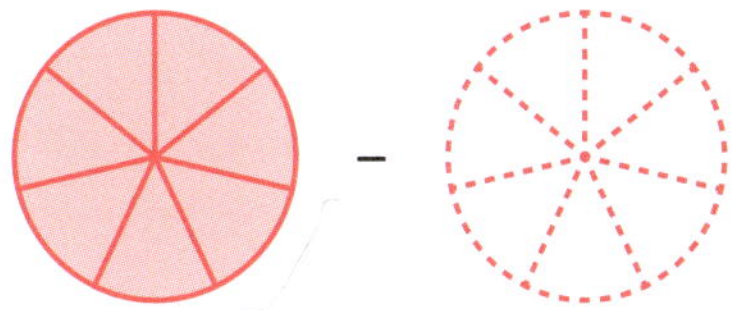

$\frac{18}{9} - \frac{1}{9} = \frac{17}{9}$

$\frac{1}{7} + \frac{0}{7} = \frac{1}{7}$

3 Effectuez les opérations suivantes.

- $\frac{11}{3} - \frac{7}{3} = \frac{4}{3}$
- $\frac{121}{9} - \frac{88}{9} = \frac{33}{9}$
- $\frac{19}{17} + \frac{11}{17} = \frac{30}{17}$
- $\frac{371}{14} + \frac{189}{14} = \frac{560}{14}$

4 Effectuez les opérations suivantes.

- $\frac{51}{11} + \frac{37}{11} - \frac{49}{11} =$ ______
- $\frac{147}{13} - \frac{98}{13} + \frac{78}{13} =$ ______

31 Fractions équivalentes, simplifications

• Une même quantité peut être représentée par plusieurs fractions.

Ces fractions sont dites équivalentes.

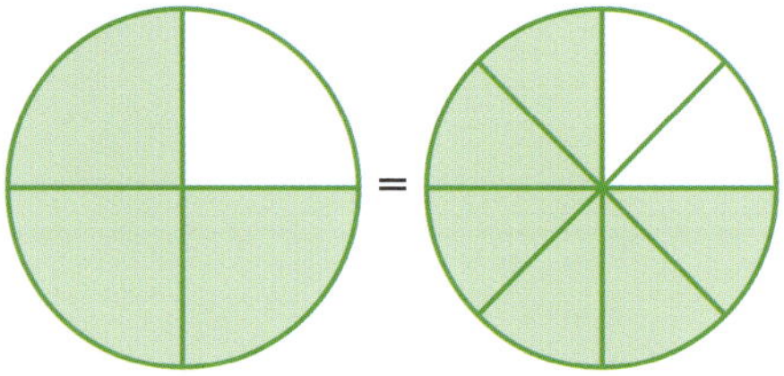

$\frac{3}{4} = \frac{6}{8}$

En multipliant ou en divisant le numérateur et le dénominateur d'une fraction par un même nombre (non nul), on obtient une fraction équivalente.

$\frac{3}{4} = \frac{3 \times 2}{4 \times 2} = \frac{6}{8}$ • $\frac{6}{8} = \frac{6 \div 2}{8 \div 2} = \frac{3}{4}$

• Pour simplifier une fraction, il faut décomposer son numérateur et son dénominateur en leur trouvant un diviseur commun, puis il faut supprimer le diviseur commun.

Lorsqu'il n'est plus possible de diviser le numérateur et le dénominateur par un même nombre, la fractiona été simplifiée au maximum et a été rendue **irréductible**.

$\frac{72}{96} = \frac{24 \times \cancel{3}}{32 \times \cancel{3}} = \frac{12 \times \cancel{2}}{16 \times \cancel{2}} = \frac{6 \times \cancel{2}}{8 \times \cancel{2}} = \frac{3}{4}$ fraction irréductible

• En simplifiant, on peut obtenir une fraction de dénominateur 1. Cette fraction correspond à un nombre entier, égal au numérateur.

$\frac{150}{30} = \frac{30 \times \cancel{5}}{6 \times \cancel{5}} = \frac{5}{1} = 5$

1 Pour chacune des fractions suivantes, entourez, dans la liste qui suit, les fractions équivalentes.

a. $\frac{4}{5}$ $\frac{3}{4}$ • $\frac{12}{15}$ • $\frac{7}{9}$ • $\frac{41}{51}$ • $\frac{28}{35}$ • $\frac{80}{100}$

b. $\frac{2}{9}$ $\frac{20}{91}$ • $\frac{14}{63}$ • $\frac{23}{93}$ • $\frac{32}{144}$ • $\frac{1}{4}$ • $\frac{10}{45}$

c. $\frac{18}{42}$ $\frac{3}{7}$ • $\frac{2}{6}$ • $\frac{9}{21}$ • $\frac{27}{63}$ • $\frac{21}{45}$ • $\frac{3}{2}$

2 Simplifiez les fractions suivantes jusqu'à les rendre irréductibles.

$\frac{6}{9} = \frac{\cancel{3} \times 2}{\cancel{3} \times 3} = \frac{2}{3}$

- $\frac{250}{120} =$

$\frac{63}{14} = \frac{\ \times\ }{\ \times\ } = \frac{}{}$

- $\frac{78}{130} =$

$\frac{28}{18} = \frac{\ \times\ }{\ \times\ } = \frac{}{}$

- $\frac{570}{380} =$

$\frac{42}{30} = \frac{\ \times\ }{\ \times\ } = \frac{}{}$

- $\frac{230}{46} =$

3 Effectuez chaque opération et simplifiez au maximum la fraction obtenue.

$\frac{13}{6} + \frac{7}{6} = \frac{}{} = \frac{\ \times\ }{\ \times\ }$
$=$

- $\frac{41}{12} + \frac{25}{12} = \frac{}{} = \frac{\ \times\ }{\ \times\ }$
$=$

$\frac{52}{15} - \frac{27}{15} = \frac{}{} = \frac{\ \times\ }{\ \times\ }$
$=$

- $\frac{93}{36} - \frac{75}{36} = \frac{}{} = \frac{\ \times\ }{\ \times\ }$
$=$

4 Complétez la fraction avant simplification.

$\frac{\ \ }{18} = \frac{5}{6}$ • $\frac{\ \ }{42} = \frac{13}{7}$ • $\frac{121}{\ \ } = \frac{11}{15}$

$\frac{36}{\ \ } = \frac{6}{7}$ • $\frac{\ \ }{57} = \frac{13}{19}$ • $\frac{\ \ }{169} = \frac{7}{13}$

32 Addition et soustraction de fractions de dénominateurs différents

Pour **additionner ou soustraire** des fractions de **dénominateurs différents**, on cherche un dénominateur commun, puis on utilise les fractions équivalentes.

$$\frac{4}{3} + \frac{5}{2} = \frac{4 \times 2}{3 \times 2} + \frac{5 \times 3}{2 \times 3} = \frac{8}{6} + \frac{15}{6} = \frac{23}{6}$$

$$\frac{7}{8} - \frac{1}{3} = \frac{7 \times 3}{8 \times 3} - \frac{1 \times 8}{3 \times 8} = \frac{21}{24} + \frac{8}{24} = \frac{13}{24}$$

1 Effectuez les additions suivantes, après avoir recherché le dénominateur commun.

$$\frac{5}{4} + \frac{7}{8}$$

Dénominateur commun = ______

$$\frac{5}{4} + \frac{7}{8} = \frac{\ldots}{\ldots} + \frac{\ldots}{\ldots} = \frac{\ldots}{\ldots}$$

$$\frac{6}{7} + \frac{7}{6}$$

Dénominateur commun = ______

$$\frac{6}{7} + \frac{7}{6} = \frac{\ldots}{\ldots} + \frac{\ldots}{\ldots} = \frac{\ldots}{\ldots}$$

$$\frac{1}{6} + \frac{8}{9}$$

Dénominateur commun = ______

$$\frac{1}{6} + \frac{8}{9} = \frac{\ldots}{\ldots} + \frac{\ldots}{\ldots} = \frac{\ldots}{\ldots}$$

$$\frac{7}{12} + \frac{11}{15}$$

Dénominateur commun = ______

$$\frac{7}{12} + \frac{11}{15} = \frac{\ldots}{\ldots} + \frac{\ldots}{\ldots} = \frac{\ldots}{\ldots}$$

2 Effectuez les soustractions suivantes, après avoir recherché le dénominateur commun.

$$\frac{5}{4} - \frac{7}{8}$$

Dénominateur commun = ______

$$\frac{5}{4} - \frac{7}{8} = \frac{\ldots}{\ldots} - \frac{\ldots}{\ldots} = \frac{\ldots}{\ldots}$$

$$\frac{11}{7} - \frac{2}{3}$$

Dénominateur commun = ______

$$\frac{11}{7} - \frac{2}{3} = \frac{\ldots}{\ldots} - \frac{\ldots}{\ldots} = \frac{\ldots}{\ldots}$$

$$\frac{13}{4} - \frac{11}{6}$$

Dénominateur commun = ______

$$\frac{13}{4} \quad \frac{11}{6} - \frac{\square}{\square} - \frac{\square}{\square} = \frac{\square}{\square}$$

$$\frac{7}{8} - \frac{8}{10}$$

Dénominateur commun = ______

$$\frac{7}{8} - \frac{8}{10} = \frac{\square}{\square} - \frac{\square}{\square} = \frac{\square}{\square}$$

3 Effectuez les opérations suivantes, après avoir recherché le dénominateur commun.

$$2{,}1 - \frac{7}{8} = \frac{\square}{\square} - \frac{7}{8}$$

Dénominateur commun = ______

$$2{,}1 - \frac{7}{8} = \frac{\square}{\square} - \frac{\square}{\square} = \frac{\square}{\square}$$

$$\frac{5}{3} + 3{,}4 = \frac{5}{3} + \frac{\square}{\square}$$

Dénominateur commun = ______

$$\frac{5}{3} + 3{,}4 = \frac{\square}{\square} + \frac{\square}{\square} = \frac{\square}{\square}$$

$$\frac{25}{4} + 12 = \frac{25}{4} + \frac{\square}{\square}$$

Dénominateur commun = ______

$$\frac{25}{4} + 12 = \frac{\square}{\square} + \frac{\square}{\square} = \frac{\square}{\square}$$

$$\frac{5}{8} - 0{,}51 = \frac{5}{8} - \frac{\square}{\square}$$

Dénominateur commun = ______

$$\frac{5}{8} - 0{,}51 = \frac{\square}{\square} - \frac{\square}{\square} = \frac{\square}{\square}$$

4 Complétez les opérations suivantes.

$$\frac{\square}{3} + \frac{3}{5} = \frac{29}{15}$$

$$\frac{21}{8} - \frac{\square}{2} = \frac{1}{8}$$

$$\frac{3}{4} + \frac{2}{\square} = \frac{13}{12}$$

$$\frac{5}{3} - \frac{5}{\square} = \frac{15}{18}$$

33 Comparaison de fractions

• Pour **comparer des fractions**, il faut faire en sorte qu'elles aient le même dénominateur. On compare alors les numérateurs.

Pour comparer $\frac{3}{5}$ et $\frac{7}{10}$, je dois d'abord trouver une fraction équivalente à $\frac{3}{5}$ de dénominateur 10.

$\frac{3}{5} = \frac{3 \times 2}{5 \times 2} = \frac{6}{10}$, ainsi $\frac{6}{10} < \frac{7}{10}$.

• Le produit des dénominateurs est toujours un **dénominateur commun** possible.

$\frac{5}{7}$ et $\frac{5}{5}$ ont pour dénominateur commun $7 \times 5 = 35$.

• Afin de faciliter les calculs, il est préférable de considérer **le plus petit multiple commun** aux deux dénominateurs.

Pour $\frac{5}{4}$ et $\frac{7}{6}$, il est préférable de considérer 12 comme dénominateur commun plutôt que 24.

1 Pour chacune des paires de fractions suivantes, trouvez un dénominateur commun et exprimez les fractions avec ce nouveau dénominateur.

Exemple : $\frac{3}{5}$ et $\frac{5}{2}$

dénominateur commun : 10

$\frac{3}{5} = \frac{6}{10}$ et $\frac{5}{2} = \frac{25}{10}$

$\frac{4}{7}$ et $\frac{8}{3}$

dénominateur commun : ______

$\frac{4}{7} = \frac{\quad}{\quad}$ et $\frac{8}{3} = \frac{\quad}{\quad}$

$\frac{7}{8}$ et $\frac{7}{6}$

dénominateur commun : ______

$\frac{7}{8} = \frac{\quad}{\quad}$ et $\frac{7}{6} = \frac{\quad}{\quad}$

$\frac{5}{12}$ et $\frac{11}{15}$

dénominateur commun : ______

$\frac{5}{12} = \frac{\quad}{\quad}$ et $\frac{11}{15} = \frac{\quad}{\quad}$

2 Effectuez les comparaisons suivantes :

$\frac{3}{7}$ et $\frac{1}{2}$

dénominateur commun : ______

$\frac{3}{7} - \frac{\quad}{\quad}$ et $\frac{1}{2} - \frac{\quad}{\quad}$

Donc : $\frac{3}{7}$ ______ $\frac{1}{2}$

$\frac{5}{6}$ et $\frac{7}{12}$

dénominateur commun : ______

$\frac{5}{6} = \frac{\quad}{\quad}$ et $\frac{7}{12} = \frac{\quad}{\quad}$

Donc : $\frac{5}{6}$ ______ $\frac{7}{12}$

$\frac{5}{6}$ et $\frac{7}{9}$

dénominateur commun : ______

$\frac{5}{6} = \frac{\quad}{\quad}$ et $\frac{7}{9} = \frac{\quad}{\quad}$

Donc : $\frac{5}{6}$ ______ $\frac{7}{9}$

$\frac{7}{10}$ et $\frac{8}{15}$

dénominateur commun : ______

$\frac{7}{10} = \frac{\quad}{\quad}$ et $\frac{8}{15} = \frac{\quad}{\quad}$

Donc : $\frac{7}{10}$ ______ $\frac{8}{15}$

$\frac{9}{5}$ et $\frac{12}{9}$

dénominateur commun : ______

$\frac{9}{5} = \frac{\quad}{\quad}$ et $\frac{12}{9} = \frac{\quad}{\quad}$

Donc : $\frac{9}{5}$ ______ $\frac{12}{9}$

$\frac{14}{3}$ et $\frac{16}{4}$

dénominateur commun : ______

$\frac{14}{3} = \frac{\quad}{\quad}$ et $\frac{16}{4} = \frac{\quad}{\quad}$

Donc : $\frac{14}{3}$ ______ $\frac{16}{4}$

3 Classez les fractions suivantes par ordre croissant.

a. $\frac{14}{3}$ • $\frac{16}{4}$ • $\frac{7}{11}$ • $\frac{23}{6}$ • $\frac{21}{5}$

b. $\frac{2}{3}$ • $\frac{3}{4}$ • $\frac{4}{5}$ • $\frac{6}{7}$ • $\frac{7}{8}$

34 Fractions et nombres décimaux

Une fraction peut s'écrire sous la forme d'un nombre décimal s'il existe une fraction équivalente dont le dénominateur est 10, 100, 1 000, etc.

$$\frac{4}{5} = \frac{4 \times 2}{5 \times 2} = \frac{8}{10} = 0{,}8$$

$$\frac{23}{8} = \frac{23 \times 5 \times 5 \times 5}{8 \times 5 \times 5 \times 5} = \frac{2\,875}{1\,000} = 2{,}875$$

Cela peut aider pour comparer deux fractions !

À l'inverse, **les nombres décimaux peuvent être écrits sous la forme d'une fraction** dont le dénominateur est 10, 100, 1 000, etc.

$7{,}2 = \frac{72}{10}$ • $0{,}04 = \frac{4}{100}$ • $5{,}712 = \frac{5\,712}{1\,000}$

1 Écrivez sous forme de fraction les nombres décimaux suivants :

$1{,}23 = \frac{123}{100}$ • $0{,}045 = \frac{\ldots}{\ldots}$ • $9{,}4751 = \frac{\ldots}{\ldots}$

$2{,}85 = \frac{\ldots}{\ldots}$ • $20{,}202 = \frac{\ldots}{\ldots}$ • $1\,354{,}2 = \frac{\ldots}{\ldots}$

$100{,}005 = \frac{\ldots}{\ldots}$ • $199{,}991 = \frac{\ldots}{\ldots}$ • $5\,497{,}8764 = \frac{\ldots}{\ldots}$

2 Écrivez sous forme décimale les fractions suivantes.

$\frac{24}{5} = \frac{24 \times \ldots}{5 \times \ldots} = \frac{\ldots}{\ldots} = \ldots$ • $\frac{17}{20} = \frac{17 \times \ldots}{20 \times \ldots} = \frac{\ldots}{\ldots} = \ldots$

$\frac{3}{4} = \frac{3 \times \ldots}{4 \times \ldots} = \frac{\ldots}{\ldots} = \ldots$ • $\frac{5}{8} = \frac{5 \times \ldots}{8 \times \ldots} = \frac{\ldots}{\ldots} = \ldots$

$$\frac{15}{20} = \frac{15 \times \square}{20 \times \square} = \frac{\square}{\square} = \_\_\_\_\_$$

$$\frac{31}{250} = \frac{31 \times \square}{250 \times \square} = \frac{\square}{\square} = \_\_\_\_\_$$

3 Comparez les fractions et les nombres suivants.

a. $2{,}1 \bullet \frac{9}{4}$

$2{,}1 = \frac{\square}{10}$

dénominateur commun : _____

$2{,}1 = \frac{\square}{\square}$ et $\frac{9}{4} = \_\_\_\_\_$

Donc : $\frac{9}{4}$ _____ $2{,}1$

b. $3{,}9 \bullet \frac{11}{12}$

$3{,}9 = \frac{\square}{10}$

dénominateur commun : _____

$\frac{11}{12} = \_\_\_\_\_$ et $3{,}9 = \frac{\square}{\square}$

Donc : $\frac{11}{12}$ _____ $3{,}9$

c. $7{,}8 \bullet \frac{100}{13}$

$7{,}8 = \frac{\square}{10}$

dénominateur commun : _____

$7{,}8 = \frac{\square}{\square}$ et $\frac{100}{13} = \_\_\_\_\_$

Donc : $7{,}8$ _____ $\frac{100}{13}$

d. $1{,}11 \bullet \frac{21}{20}$

$1{,}11 = \frac{\square}{\square}$

dénominateur commun : _____

$1{,}11 = \frac{\square}{\square}$ et $\frac{21}{20} = \frac{\square}{\square}$

Donc : $1{,}11$ _____ $\frac{21}{20}$

e. $13{,}4 \bullet \frac{55}{4}$

f. $4{,}71 \bullet \frac{87}{20}$

35 Multiplication de fractions par un entier

Pour **multiplier une fraction** par un entier, on multiplie le **numérateur** par l'entier :

$$\frac{5}{6} \times 14 = \frac{5 \times 14}{6}$$

On **simplifie** ensuite avant d'effectuer le produit au numérateur :

$$\frac{5 \times 14}{6} = \frac{5 \times \cancel{2} \times 7}{\cancel{2} \times 3} = \frac{5 \times 7}{3} = \frac{35}{3}$$

Autre exemple :

$$\frac{15}{14} \times 56 = \frac{15 \times 56}{14} = \frac{15 \times \cancel{7} \times \cancel{2} \times 4}{\cancel{7} \times \cancel{2}} = \frac{15 \times 4}{1} = 15 \times 4 = 60$$

Une fraction dont le dénominateur vaut 1 est un entier, égal au numérateur.

$$\frac{4}{1} = 4$$

1 Effectuez les multiplications et simplifiez les fractions lorsque c'est nécessaire.

$\frac{3}{4} \times 7 = \frac{\ldots \times \ldots}{\ldots} =$ ……………

$\frac{3}{8} \times 12 = \frac{\ldots \times \ldots}{\ldots} =$ ……………

$\frac{11}{15} \times 18 = \frac{\ldots \times \ldots}{\ldots} =$ ……………

$\frac{7}{12} \times 20 = \frac{\ldots \times \ldots}{\ldots} =$ ……………

$\frac{13}{18} \times 30 = \frac{\ldots \times \ldots}{\ldots} =$ ……………

$\frac{3}{4} \times 44 = \frac{\text{____} \times \text{____}}{\text{____}} =$ ______________

$\frac{14}{48} \times 8 = \frac{\text{____} \times \text{____}}{\text{____}} =$ ______________

$\frac{18}{30} \times 55 = \frac{\text{____} \times \text{____}}{\text{____}} =$ ______________

$\frac{10}{22} \times 121 = \frac{\text{____} \times \text{____}}{\text{____}} =$ ______________

$\frac{14}{52} \times 169 = \frac{\text{____} \times \text{____}}{\text{____}} =$ ______________

2 Complétez les opérations suivantes :

Exemple : $\frac{4}{5} \times 15 = 12$

Je vérifie : $\frac{4}{5} \times 15 = \frac{4 \times 15}{5} = \frac{4 \times 5 \times 3}{5} = \frac{4 \times 3}{1} = \frac{12}{1} = 12$

a. $\frac{7}{4} \times$ ________ $= 21$

Je vérifie :

b. $\frac{9}{\text{____}} \times 4 = \frac{36}{11}$

Je vérifie :

c. $\frac{12}{\text{____}} \times 5 = 3$

Je vérifie :

d. $\frac{8}{9} \times$ ________ $= \frac{32}{3}$

Je vérifie :

36 Pourcentages

Un **pourcentage** correspond à une fraction de dénominateur 100. Il s'écrit à l'aide du symbole **%**.

$$35\ \% = \frac{35}{100}$$

Un **pourcentage d'une quantité** est ce qui résulte du produit de la fraction par cette quantité.

12 % de 30 est le résultat du produit $\frac{12}{100} \times 30 = \frac{360}{100} = 3{,}6$

Étant donné que le dénominateur vaut 100, le résultat peut être exprimé sous une forme décimale.

1 Exprimez les pourcentages suivants sous forme décimale.

35 % de 50

$\frac{35}{100} \times 50 = \frac{\quad}{\quad} =$

48 % de 25

38 % de 45

70 % de 120

65 % de 48

12 % de 320

40 % de 85

85 % de 90

2 Exprimez les fractions suivantes sous forme de pourcentage.

$\frac{4}{5}$

$\frac{4}{5} = \frac{}{100} = \%$

$\frac{3}{4}$

$\frac{9}{20}$

$\frac{15}{25}$

$\frac{32}{40}$

$\frac{42}{50}$

3 Pour chacun des schémas suivants, déterminez la fraction, puis le pourcentage de la surface totale représenté par la partie colorée.

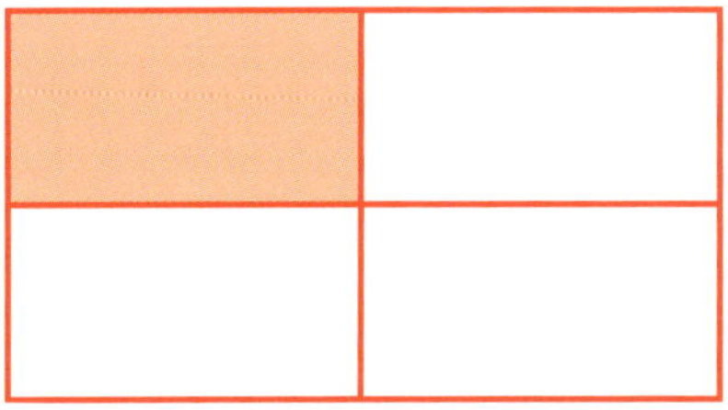

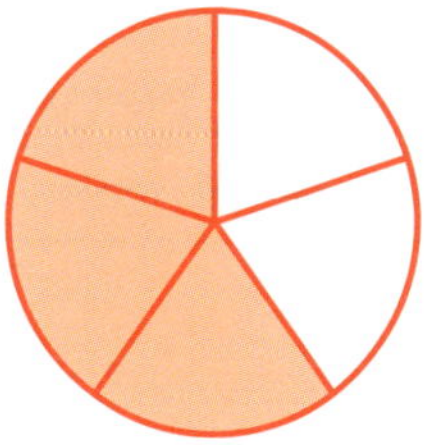

a.

c.

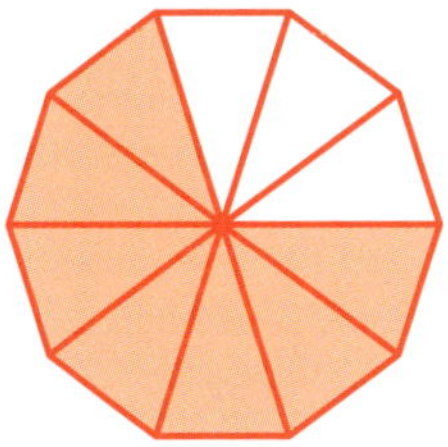

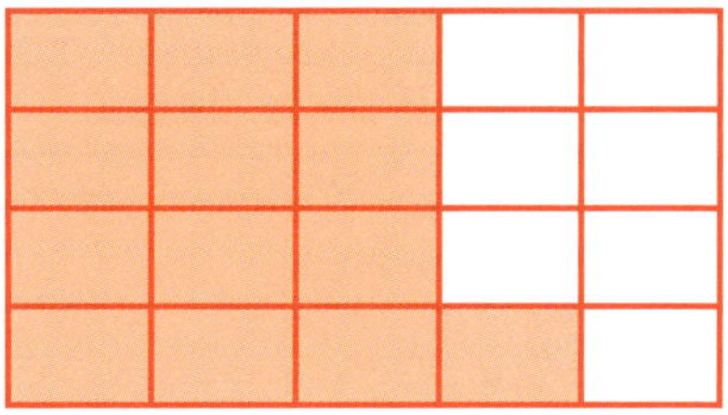

b.

d.

37 Proportionnalité

Un **tableau de proportionnalité** est un tableau dans lequel la deuxième ligne est obtenue en multipliant chaque nombre de la première ligne par un même nombre appelé **coefficient de proportionnalité**.

Poids de pommes (en kg)	0,5	1,5	2	5	8
Prix payé (en €)	1	3	4	10	16

× 2 coefficient de proportionnalité

La relation de proportionnalité a lieu si la règle du **produit en croix** est vérifiée.

$0{,}5 \times 3 = 1{,}5 \times 1$

$1{,}5 \times 4 = 2 \times 3$

0,5	1,5	2
1	3	4

1 Vérifiez si les deux lignes du tableau ci-dessous obéissent à une relation de proportionnalité.

Distance parcourue (en km)	20	40	15	35	10
Temps de trajet (en h)	4	8	3	7	2

2 Vérifiez si les deux lignes du tableau ci-dessous obéissent à une relation de proportionnalité.

Effectif de la classe	30	40	20	25	35
Nombre d'élèves portant des lunettes	15	10	6	20	7

3 On suppose que le tableau suivant obéit à une relation de proportionnalité.

a. Complétez les cases manquantes.

Surface de la forêt (en km²)	24	36	42	72	96
Surface interdite à toute activité (en km²)	20			60	

b. Quel est le coefficient de proportionnalité permettant de passer de la première à la deuxième ligne ? Exprimez-le sous la forme d'une fraction simplifiée.

$24 \times \frac{\quad}{\quad} = 20$

Donc le coefficient vaut $\frac{\quad}{\quad}$, soit $\frac{\quad}{\quad}$

4 Une famille revient de courses avec le ticket de caisse suivant :

Article	Quantité	Prix (€)
Yaourts	12	3,60
Melons	2	3
Jus de fruits	4	10
Maquereaux	5	7,5
	TOTAL :	**24,10**

a. Y a-t-il un rapport de proportionnalité entre les deux colonnes du ticket ?

b. Déterminez, pour chaque article, le prix à l'unité.
Quel article est le moins cher à l'unité ? Lequel est le plus cher à l'unité ?

38 Problèmes

Résolvez les problèmes suivants. Posez les opérations nécessaires au brouillon.

1 À l'anniversaire de Julie, ses amies ont amené trois tartes identiques. Chacune des tartes est découpée en huit parts. À la fin du goûter, trois parts de la première tarte ont été mangées, six de la deuxième et cinq de la troisième.

a. Écrivez, pour chaque tarte, la fraction représentant la quantité qui en a été mangée.

b. Déterminez la fraction représentant la quantité totale de tarte qui a été mangée.

2 Dans un groupe de 40 élèves de seconde, les choix de langues vivantes sont répartis ainsi :

- 20 élèves étudient l'anglais en LV1 et l'allemand en LV2,
- 16 élèves étudient l'anglais en LV1 et l'espagnol en LV2,
- 4 élèves étudient l'allemand en LV1 et l'anglais en LV2.

Déterminez la fraction, puis le pourcentage d'élèves ayant opté pour l'anglais LV1.

3 C'est la période des soldes. Malik veut acheter un pull affiché à 15 €, avec une réduction de 20 %, et une chemise affichée à 25 € avec une réduction de 40 %. Les prix affichés indiquent le montant avant réduction.

a. Combien Malik devra-t-il payer en tout pour ses achats ?

b. Quelle économie globale aura-t-il réalisée ? Donnez le résultat en euros et comme un pourcentage de réduction total.
Ce pourcentage est-il égal à la somme des pourcentages de réduction affichés ?

4 On considère les statistiques suivantes, portant sur la répartition par tranche d'âge de la population d'un pays.

Région	Population (hab.)	Moins de 20 ans	Plus de 75 ans
Nord-Est	150 000	20 %	15 %
Nord-Ouest	250 000	25 %	25 %
Sud-Est	360 000	30 %	10 %
Sud-Ouest	240 000	15 %	20 %
TOTAL :	1 000 000		

a. Déterminez le nombre total de personnes de moins de 20 ans dans le pays. Quelle part de la population totale cela représente-t-il ?

b. Déterminez le nombre total de personnes de plus de 75 ans dans le pays. Quelle part de la population totale cela représente-t-il ?

39 Révisions

1 Effectuez les opérations suivantes, après les avoir posées au brouillon.

a. 57 174 + 13 879

=

b. 131 572 – 97 449

=

c. 1 578 × 372

=

d. 48 793 ÷ 13

Quotient =

Reste =

2 Posez et effectuez les opérations suivantes :

a. 571,472 + 897,765

b. 13 570,01 – 9 877,79

c. 1 971,20 – 875,41

d. 964,132 + 1 572,89

3 Effectuez les opérations suivantes après les avoir posées au brouillon.

a. 9,7 × 5,8

=

c. 37,7 × 18,4

=

b. 48,12 × 3,5

=

d. 7,387 × 13,5

=

4 Simplifiez les fractions suivantes :

a. $\frac{8}{14} = \frac{\quad}{\quad}$

b. $\frac{25}{15} = \frac{\quad}{\quad}$

c. $\frac{56}{38} = \frac{\quad}{\quad}$

d. $\frac{48}{36} = \frac{\quad}{\quad}$

e. $\frac{132}{84} = \frac{\quad}{\quad}$

f. $\frac{102}{153} = \frac{\quad}{\quad}$

5 Comparez, puis additionnez les fractions suivantes.

a. $\frac{2}{3}$ et $\frac{4}{7}$

Dénominateur commun : ______

$\frac{2}{3} = \frac{\quad}{\quad}$ $\frac{4}{7} = \frac{\quad}{\quad}$

$\frac{2}{3}$ ______ $\frac{4}{7}$

$\frac{2}{3} + \frac{4}{7} = \frac{\quad}{\quad}$

c. $\frac{8}{7}$ et $\frac{15}{13}$

Dénominateur commun : ______

$\frac{8}{7} = \frac{\quad}{\quad}$ $\frac{15}{13} = \frac{\quad}{\quad}$

$\frac{15}{13}$ ______ $\frac{8}{7}$

$\frac{8}{7} + \frac{15}{13} = \frac{\quad}{\quad}$

b. $\frac{17}{6}$ et $\frac{18}{7}$

Dénominateur commun : ______

$\frac{17}{6} = \frac{\quad}{\quad}$ $\frac{18}{7} = \frac{\quad}{\quad}$

$\frac{17}{6}$ ______ $\frac{18}{7}$

$\frac{17}{6} + \frac{18}{7} = \frac{\quad}{\quad}$

d. $\frac{13}{15}$ et $\frac{7}{9}$

Dénominateur commun : ______

$\frac{13}{15} = \frac{\quad}{\quad}$ $\frac{7}{9} = \frac{\quad}{\quad}$

$\frac{13}{15}$ ______ $\frac{7}{9}$

$\frac{13}{15} + \frac{7}{9} = \frac{\quad}{\quad}$

40 Unités de durée : conversion

Les **durées** obéissent aux équivalences suivantes :

1 h = 60 min

1 min = 60 s

Les additions et soustractions de durées doivent respecter ces règles de conversion.

1 h 30 min + 2 h 40 min = 3 h + **70 min**
= 3 h + **1 h 10 min**
= **4 h 10 min**

5 h 20 min – 1 h 30 min = 4 h 20 min – 30 min
= 3 h + 1 h + 20 min – 30 min
= 3 h + 30 min + 20 min
= 3 h 50 min

1 Effectuez les opérations suivantes :

- 2 h 50 min + 3 h 40 min = ……
- 4 h 10 min – 1 h 30 min = ……
- 13 h 48 min + 5 h 55 min = ……
- 18 h 19 min – 9 h 41 min = ……
- 7 h 45 min + 7 h 30 min = ……
- 16 h 40 min – 4 h 45 min = ……
- 3 h 45 min + 2 h 30 min = ……
- 5 h – 1 h 20 min = ……

2 Un train effectue les trajets suivants. À chaque étape, il marque un arrêt de 15 min.

Trajet	Durée
Paris-Montparnasse – Tours	1 h 15 min
Tours – Châtellerault	35 min
Châtellerault – Angoulême	45 min
Angoulême – Bordeaux	40 min

a. Quelle est la durée du voyage Paris – Châtellerault (pause comprise) ?

b. Quelle est la durée du voyage Paris – Bordeaux (pauses comprises) ?

c. Un usager part de Paris. Il referme la porte de son appartement à 7 h 40 et descend du train, en gare de Bordeaux à 12 h 15.
Combien de temps a-t-il mis pour se rendre de chez lui à la gare Montparnasse à Paris ?

Durée totale du voyage = ________ – ________ = ________

Temps pour se rendre à la gare = ________ – ________ = ________

3 L'agenda de la journée de travail M. Figeac est organisé comme suit :

8 h 30	Début de la journée de travail	**12 h 30 – 13 h 30**	Pause déjeuner
9 h – 9 h 30	Réunion d'équipe	**16 h 30 – 17 h 45**	Réunion de planification
10 h 15 – 11 h 30	Rendez-vous client	**18 h 30**	Fin de la journée de travail

a. Pour se rendre à son rendez-vous client, M. Figeac doit compter 20 min de trajet, à l'aller et au retour. Combien de temps le rendez-vous prendra-t-il, trajets inclus ?

b. M. Figeac a un document urgent à terminer. Pour faire ce travail, il a besoin de 4 h 30 en tout, réparties sur toute sa journée de travail, en dehors du temps des réunions et des pauses. Parviendra-t-il à trouver ce temps ?

41 Vitesse et distance

• Pour **calculer la vitesse** (V) d'un objet, on divise la distance parcourue (D) par le temps (T) mis à parcourir cette distance :

V = D ÷ T

À quelle vitesse roule une voiture qui a parcouru 122 km en 2 h ?

V = 122 ÷ 2 = 61 km/h

La voiture roule à 61 km/h.

• Pour **calculer la distance parcourue** (D), on multiplie le temps (T) par la vitesse (V) :

D = T × V

Quelle distance parcourt en 2 heures un train se déplaçant à 300 km/h ?

D = 2 × 300 = 600 km

Le train parcourt 600 km en 2 h.

Attention, quand la vitesse est exprimée en km/h, la distance doit être exprimée en km et le temps en h.

• Pour **calculer le temps** (T) mis à parcourir une distance, on divise la distance (D) par la vitesse (V) :

T = D ÷ V

En combien de temps un cycliste roulant à 12 km/h parcourt-il 36 km ?

D = 36 ÷ 12 = 3 h

Le cycliste met 3 h à parcourir 36 km.

1 Calculez la distance parcourue dans chacun des cas suivants :

a. V = 35 km/h et T = 3 h

D = ________ × ________ = ________ km

b. V = 51 km/h et T = 4 h

D = ________________________

c. V = 75 km/h et T = 2 h 30 min

T = 2 h 30 min = $\frac{\quad}{\quad}$ h

Donc D = ______________________________

d. V = 40 km/h et T = 3 h 15 min

T = 3 h 15 min = $\frac{\quad}{\quad}$ h

Donc D = ______________________________

2 Déterminez la vitesse dans chacun des cas suivants :

a. D = 30 km et T = 2 h

V = ________ ÷ ________ = ________ km/h

b. D = 675 km et T = 5 h

V = ______________________

c. D = 13 600 m et T = 2 h

V = ______________________

Lorsque la durée n'est pas un nombre entier d'heures, il peut être utile de la ramener, par **proportionnalité**, à un nombre entier d'heures.

× 2

D (en km)	8	20	40
T (en h)	1	2 h 30	5 h

÷ 5

Un piéton parcourt 20 km en 2 h 30 min.

Cela équivaut à 20 × 2 = 40 km en 2 h 30 × 2 = 5 h.

Ainsi, sa vitesse de marche est de 40 ÷ 5 = 8 km/h.

3 Déterminez la vitesse dans chacun des cas suivants, en utilisant au brouillon un tableau de proportionnalité.

a. Un train parcourt 240 km en 1 h 30. Quelle est sa vitesse moyenne ?

V = ________ ÷ ________ = ________ km/h

b. Une voiture parcourt 150 km en 1 h 20.
Quelle est sa vitesse moyenne ?

V = ________ ÷ ________ = ________ km/h

42 Problèmes

Résolvez les problèmes suivants. Posez les opérations nécessaires au brouillon.

1 Un train part de Paris à 12 h 50 et arrive à Lyon à 14 h 45 avec une pause de 10 min en gare de Dijon.

a. Quelle a été la durée effective du voyage (hors pause) ?

Durée = –

b. La distance Paris-Lyon est d'environ 450 km. Calculez la vitesse moyenne du train (à l'aide de la durée effective du voyage).

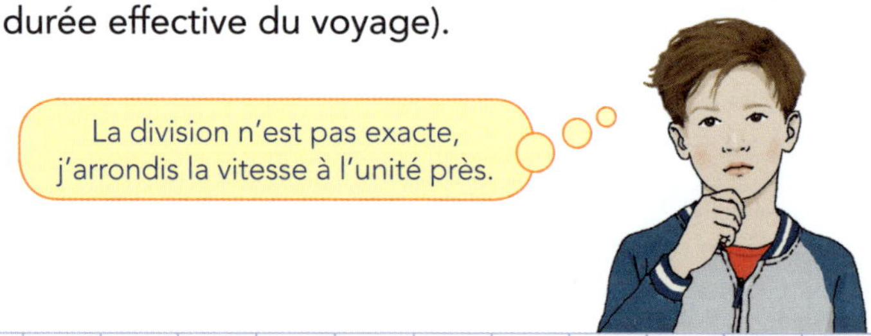

Vitesse = ÷

Vitesse = (à l'unité près)

c. À la même heure, un train part de Marseille, en direction de Lyon, à la vitesse de 250 km/h. Il arrive à Lyon à 14 h 05.
Déterminez son temps de trajet, puis la distance Lyon-Marseille.

Durée du trajet =

Distance =

2 M. Dubost et sa fille partent de chez eux à 8 heures : ils marchent à la vitesse de 5 km/h en direction de l'école, qui se situe à 2 km.

a. Calculez la durée du trajet.
À quelle heure arrivent-ils à l'école ?

Durée du trajet =

Heure d'arrivée =

b. Dans le même temps, l'instituteur, M. Lemaire, quitte sa maison à 8 h 15 en marchant à la vitesse de 8 km/h. Sa maison se situe à 1 km de l'école.
De M. Dubost ou de M. Lemaire, qui arrive en premier à l'école ?

Durée du trajet de M. Lemaire =

Heure d'arrivée de M. Lemaire =

Le premier arrivé est :

c. Combien de temps de moins a mis le premier arrivé sur le second ?

43 Unités de volume

m^3			dm^3 l			cm^3 ml			mm^3		
		2	5	0	0	0	0	0			
					2	3	1	0	0	0	0
	1	3	5	0	0						

2 500 000 cm^3 = 2 500 dm^3 = 2,5 m^3
2 310 000 mm^3 = 2 310 cm^3 = 2,31 dm^3

1 m^3 = 1 000 dm^3
= 1 000 000 cm^3
= 1 000 000 000 mm^3

Le **litre** est une unité de contenance correspondant à 1 dm^3.

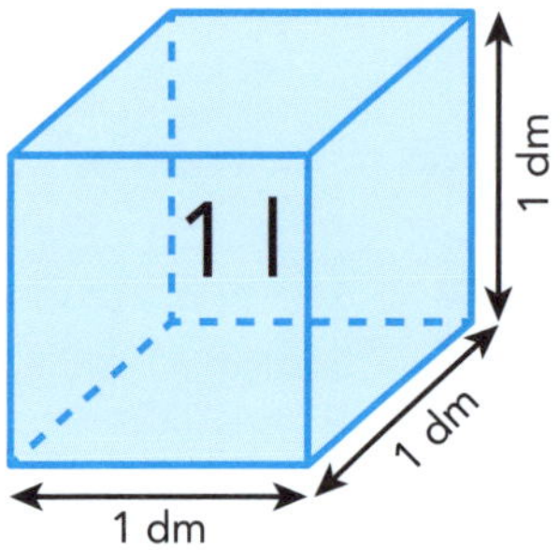

Un litre correspond donc au volume que contient un cube de 10 cm de côté.

1 l = 1 dm^3
= 1 000 cm^3
= 1 000 000 mm^3

13 500 ℓ = 13 500 dm^3 = 13,5 m^3

Le millilitre est une unité de contenance correspondant à 1 cm^3.

1 Effectuez les conversions suivantes :

a. 2,31 dm^3 = ______ l = ______ cm^3

b. 135,12 m^3 = ______ dm^3 = ______ ml

c. 0,012 m^3 = ______ dm^3 = ______ l

d. 2,513 cm^3 = ______ l = ______ mm^3

Je peux m'aider d'un tableau de conversion.

2 Effectuez les opérations suivantes en les posant.

Pour s'additionner ou se soustraire, les volumes doivent être exprimés dans la même unité. Avant d'effectuer l'opération, je fais les conversions nécessaires.

a. 2,51 m^3 + 7,91 m^3 = ______ l

b. 7 465 l – 2,589 m^3 = ______ l

3 Effectuez l'opération suivante en la posant.

Je fais les conversions nécessaires.

3 515 cm^3 + 0,018 m^3 = ______ l

44 Volume du pavé droit et du cube

• Un **pavé droit**, ou parallélépipède rectangle, est un solide à six faces rectangulaires.

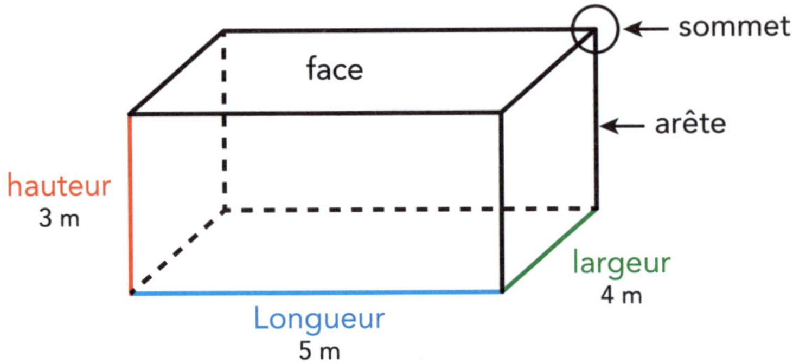

Volume du pavé = Longueur × largeur × hauteur

5 m × 4 m × 3 m = 60 m^3

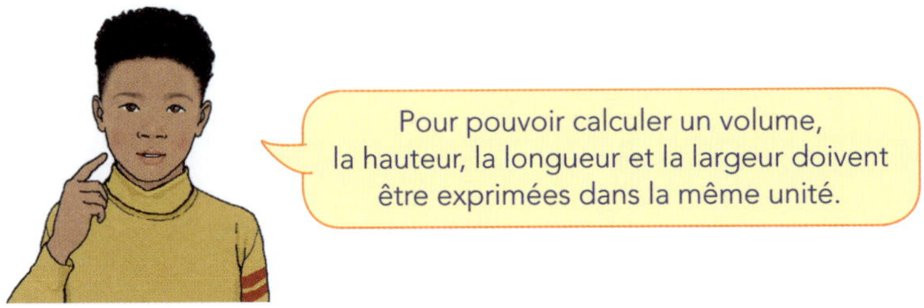

• Un **cube** est un pavé droit dont la longueur, la largeur et la hauteur sont égales.

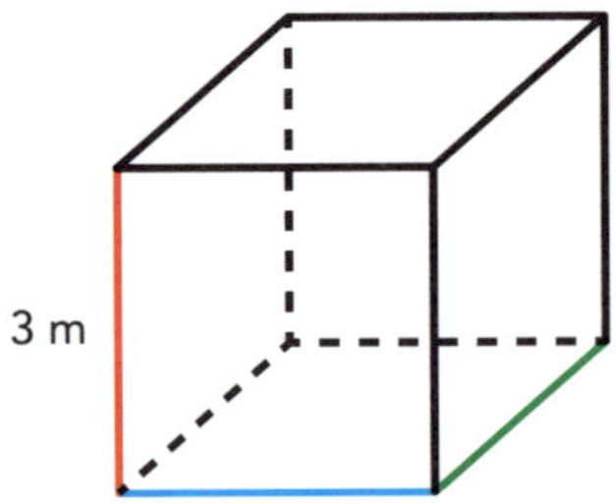

hauteur = Longueur = largeur

Volume du cube = côté × côté × côté

5 m × 5 m × 5 m = 125 m^3

1 Calculez le volume (en litres) des solides suivants :

J'effectue les calculs intermédiaires au brouillon.

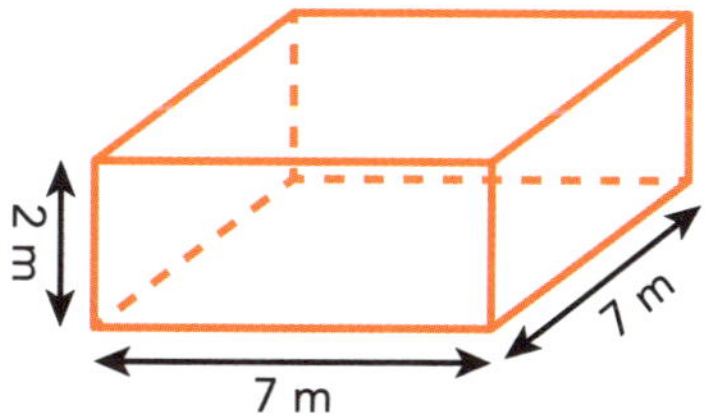

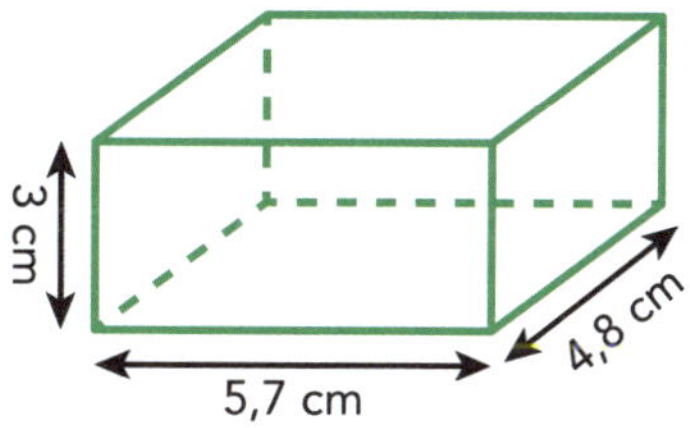

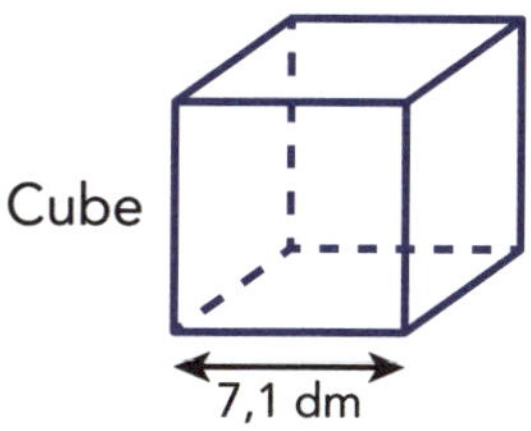

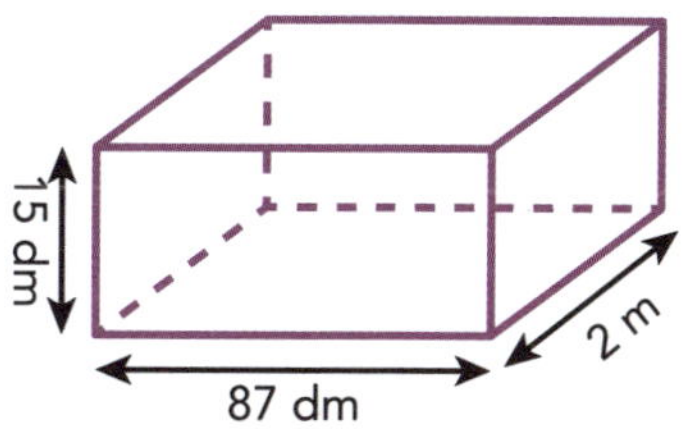

2 Déterminez la hauteur (en m) du pavé ci-dessous.

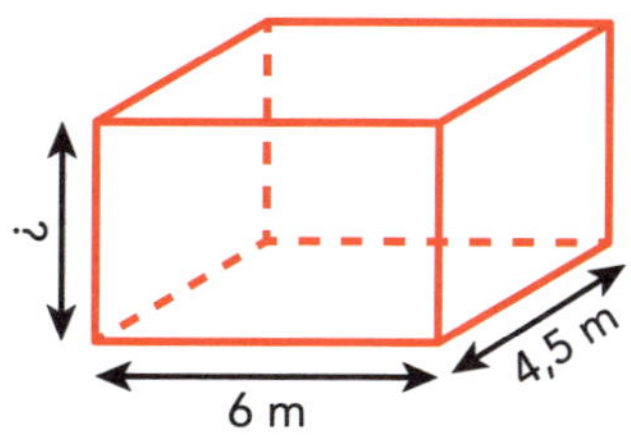

Volume = 108 m^3

45 Volume : solides composés

Pour calculer le **volume** d'un **solide composé**, on le décompose en solides réguliers (pavés droits, cubes). Ensuite, on **additionne** ou on **soustrait** les volumes.

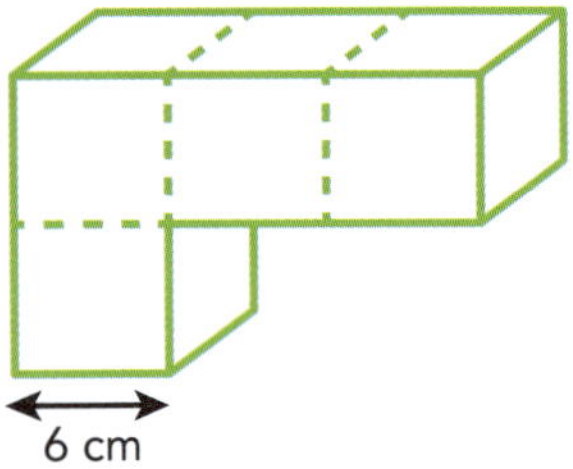

Ce solide est composé de 4 cubes identiques :

Volume d'un cube = $6 \times 6 \times 6 = 216$ cm^3

Volume total = $4 \times 216 = 864$ cm^3 = 0,864 l

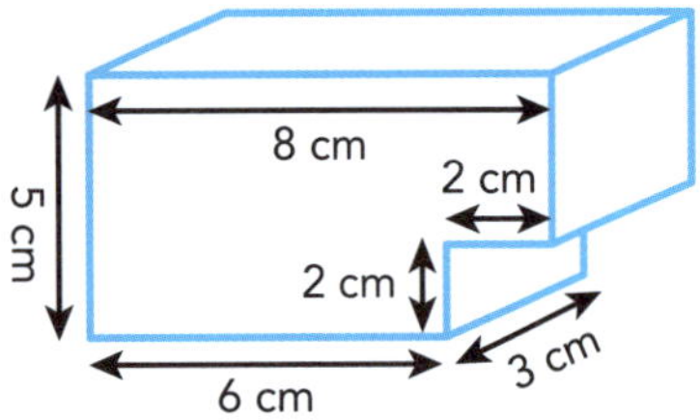

Ce solide est composé d'un grand pavé duquel on a ôté un petit pavé :

Volume du grand pavé = $8 \times 5 \times 3$ = 120 cm^3

Volume du pavé ôté = $2 \times 2 \times 3 = 12$ cm^3

Volume du solide = $120 - 12 = 108$ cm^3 = 0,108 l

1 Calculez le volume du solide suivant :

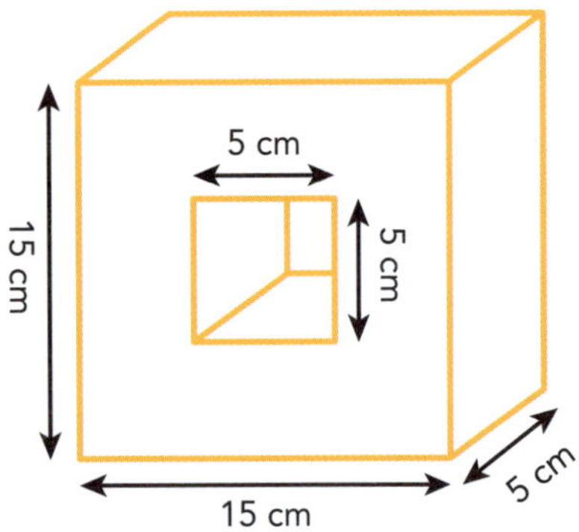

a. Calcul du volume du pavé sans trou :

b. Calcul du volume du trou :

c. Calcul du volume du solide :

2 On considère le pavé droit suivant :

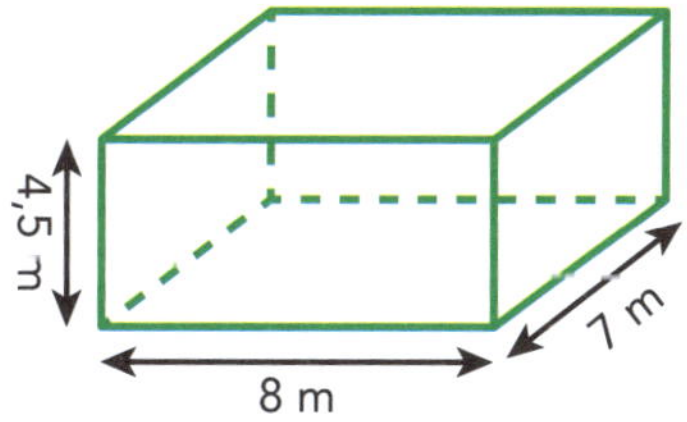

a. Déterminez son volume.

b. On double toutes ses dimensions : quel est le volume du pavé droit obtenu ?

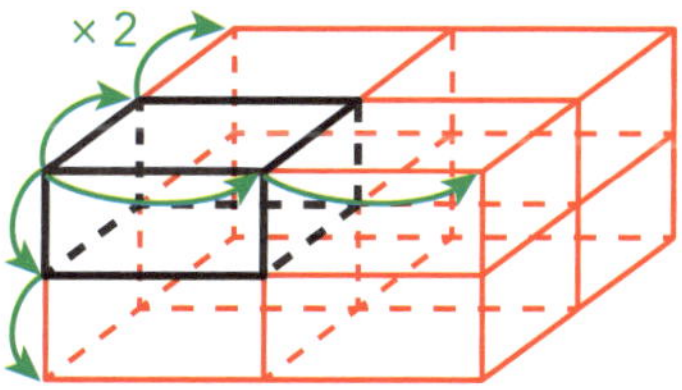

3 Calculez la surface extérieure (c'est-à-dire la somme des aires de chaque face), puis le volume d'un cube d'arête 5 cm.

a. Calcul de la surface d'une face :

b. Calcul de la surface extérieure :

c. Calcul du volume du cube :

46 Problèmes : volume

Résolvez les problèmes suivants. Posez les opérations nécessaires au brouillon.

1 Soit une piscine en forme de pavé droit de longueur 25 m, de largeur 12 m et de profondeur 2,5 m.

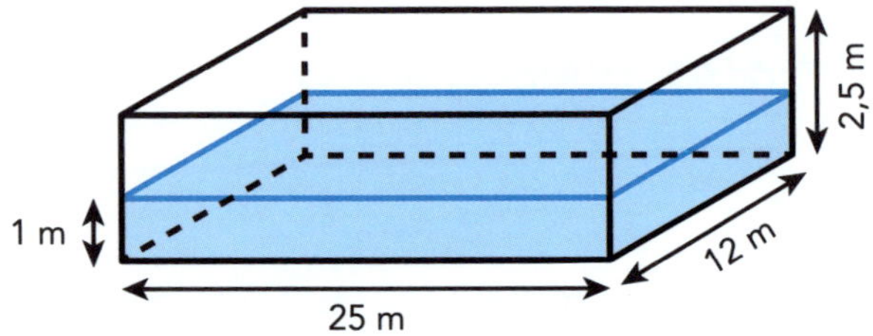

a. Initialement, la piscine contient une hauteur d'eau de 1 m. Donnez, en m^3, le volume d'eau présent dans la piscine.

b. Quel volume d'eau faudrait-il ajouter pour faire monter la hauteur d'eau d'encore 70 cm ?

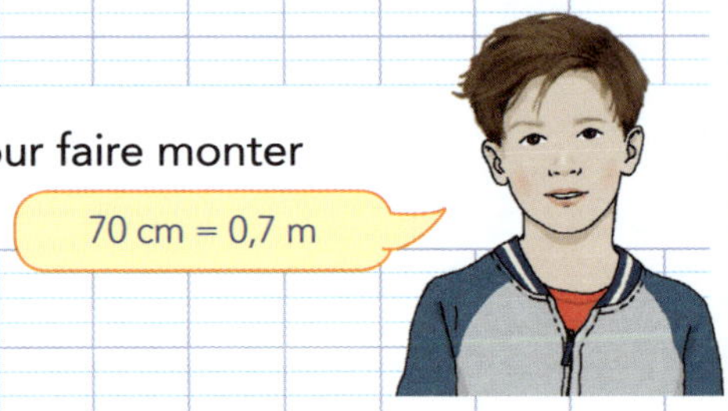

c. En réalité, on ajoute 180 000 l d'eau. De quelle hauteur le niveau est-t-il monté ?

2 Le robinet d'une baignoire fuit au goutte-à-goutte, au rythme d'une goutte toutes les 2 secondes. Une goutte est assimilée à un cube de 4 mm de côté.

En répondant aux questions ci-dessous, complétez le tableau de proportionnalité suivant :

Eau perdue	1 goutte : ______ mm^3	1 litre : ______ mm^3	______ mm^3
Temps	2 s	______ s	1 nuit = ______ h = ______ s

a. Donnez, en mm^3, le volume d'une goutte d'eau.

b. Au bout de combien de temps s'est-il écoulé le volume d'un litre ?

c. Le propriétaire de l'appartement ne se rend pas compte de la fuite. Il s'endort à 22 h 30 et se réveille à 6 h du matin.

Combien de temps a-t-il dormi ?

Quel volume d'eau s'est écoulé pendant qu'il dormait ?

47 Solides remarquables

• Une **pyramide** est un solide présentant une base et un sommet hors de cette base.

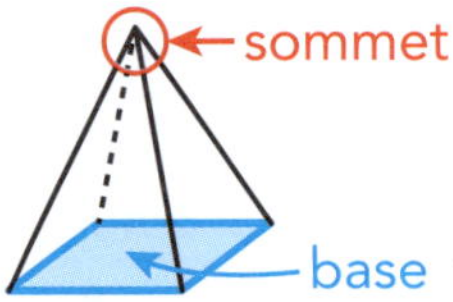

Pyramide à base carrée

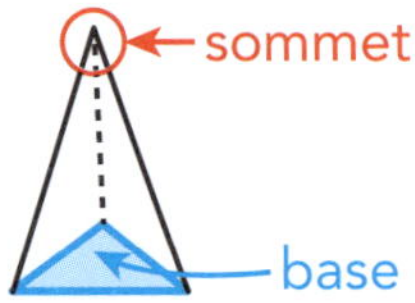

Pyramide à base triangulaire

• Un **cône** est semblable à une pyramide, mais sa base est un disque.

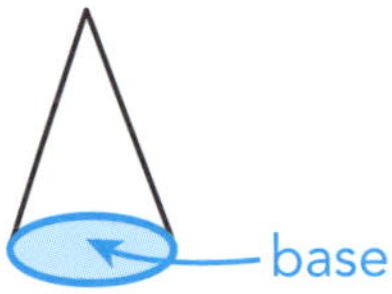

• Un **prisme droit** est un solide dont les deux bases sont des polygones identiques et parallèles.

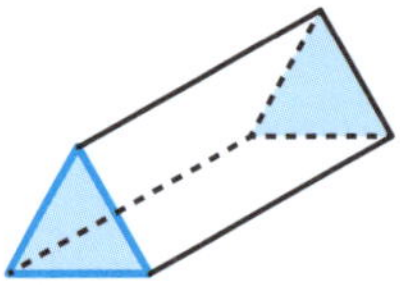

Prisme droit à base **triangulaire**

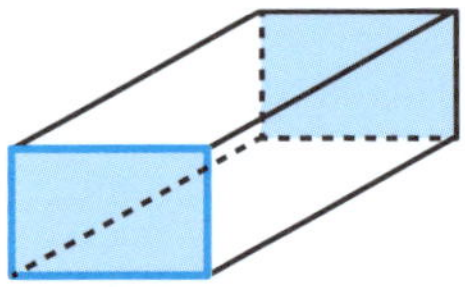

Prisme droit à base **rectangulaire**

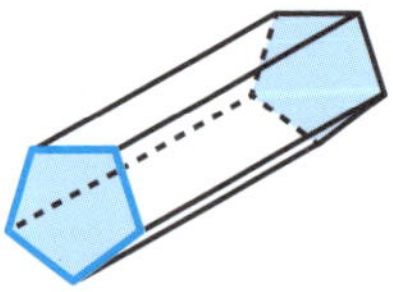

Prisme droit à base **pentagonale**

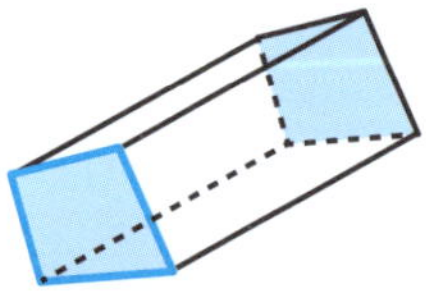

Prisme droit à base **quadrilatère quelconque**

1 Classez les solides suivants dans le tableau.

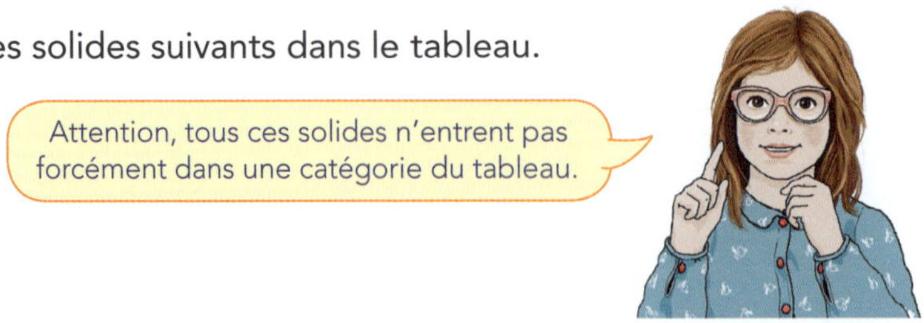

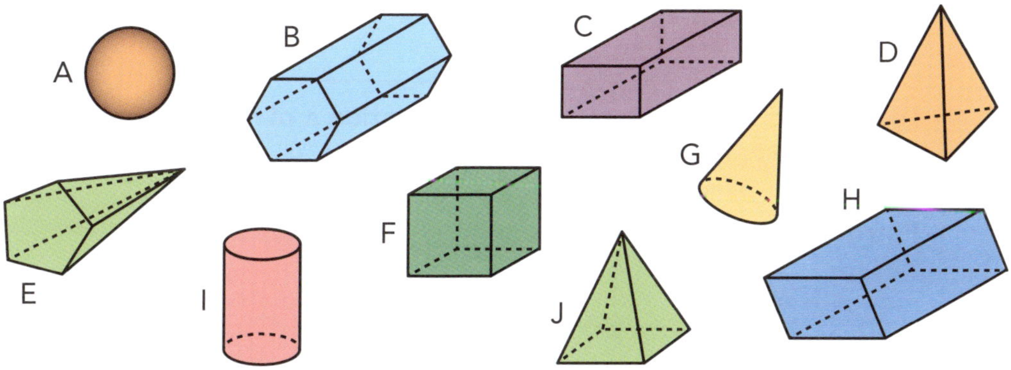

Pavés droits :	
Prismes droits :	
Pyramides :	
Cônes :	

2 Parmi les prismes droits ci-dessous :

a. entourez en bleu ceux dont la base est un triangle.

b. entourez en rouge ceux dont la base est un rectangle.

c. entourez en vert ceux dont la base est un pentagone.

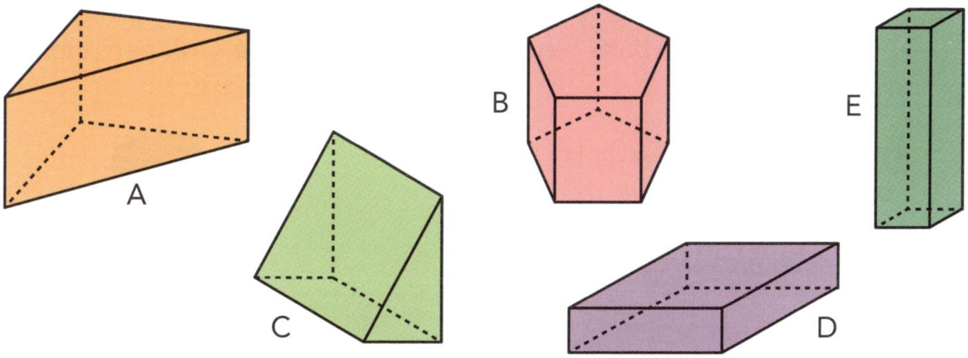

48 Patrons (1)

Le **patron d'un solide** est une **représentation à plat** que l'on obtient en le dépliant suivant ses faces. On a ainsi un plan qui permet de réaliser le solide par pliage.

Patrons d'un cube :

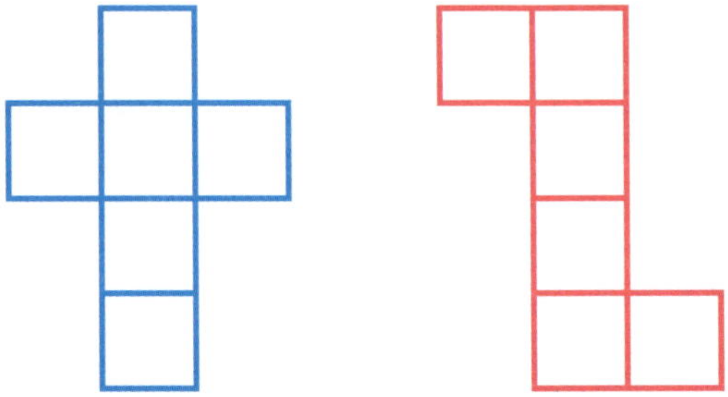

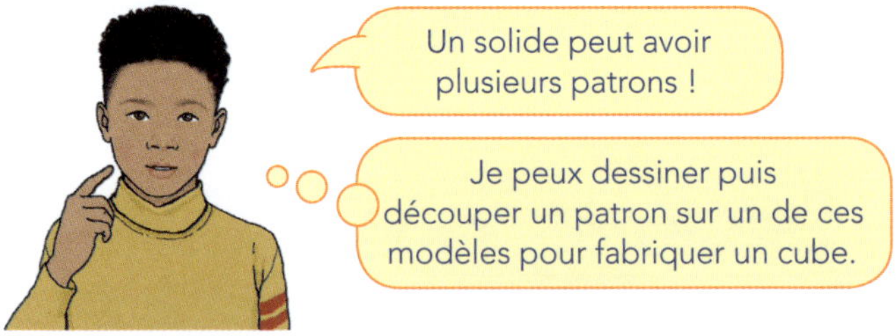

Exemples de patrons d'autres solides :

Pyramide à base carrée

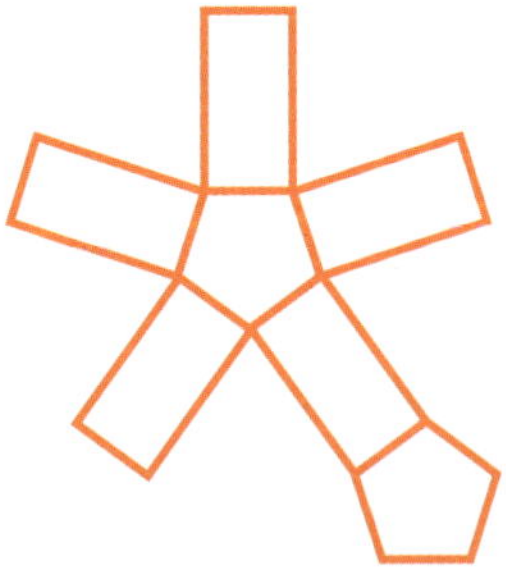

Prisme droit pentagonal

1 Réalisez le patron de la page suivante sur une feuille libre en respectant les dimensions indiquées, puis découpez-le et assemblez-le.

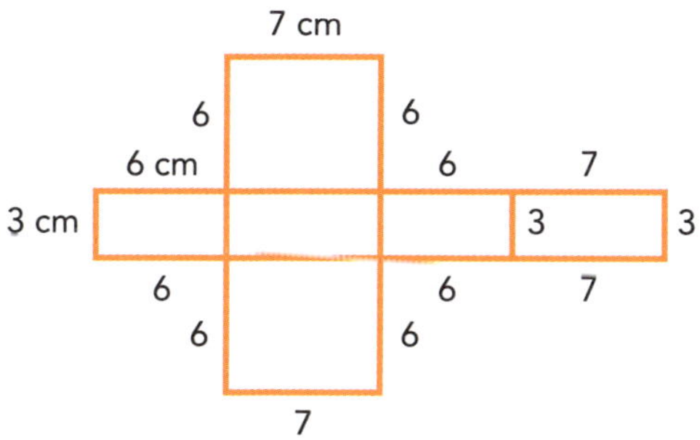

a. Quel solide obtient-on ?

b. Calculez son volume.

2 Parmi les patrons suivants, entourez ceux qui permettent de réaliser un cube.

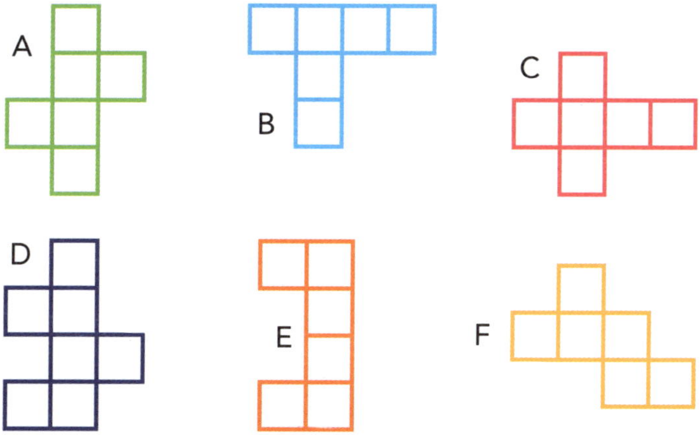

49 Patrons (2)

1 Nommez chaque solide, puis reliez-le au patron correspondant en coloriant ce dernier de la même couleur.

a.

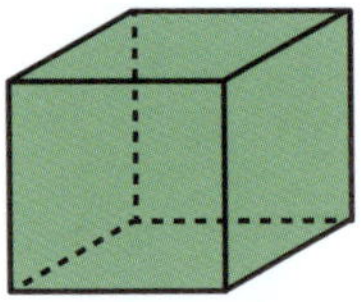

1. 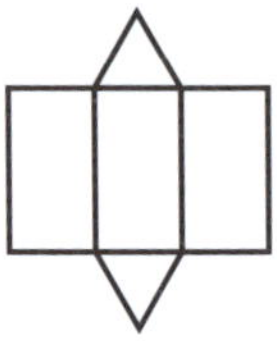

b.

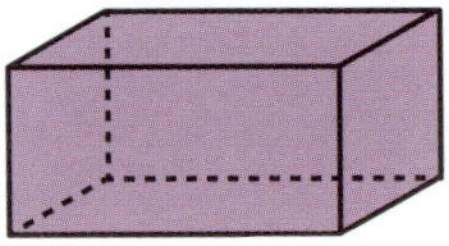

2. 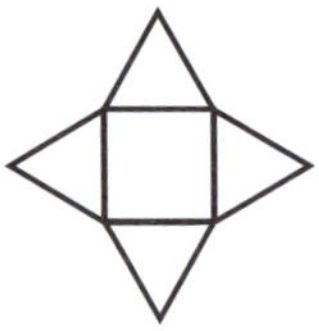

c.

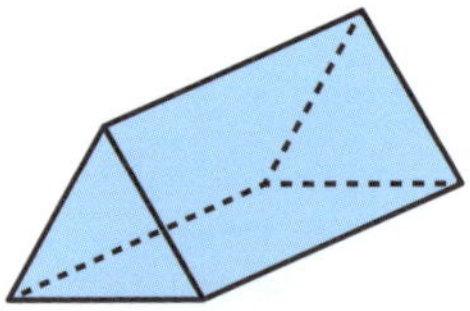

3. 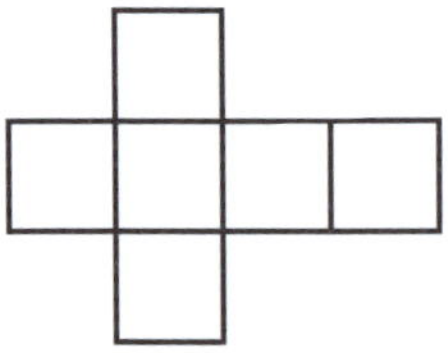

d.

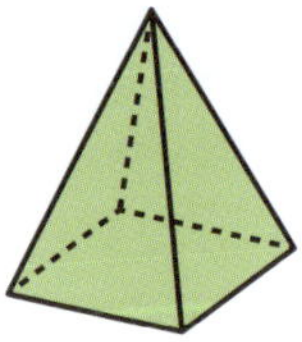

4. 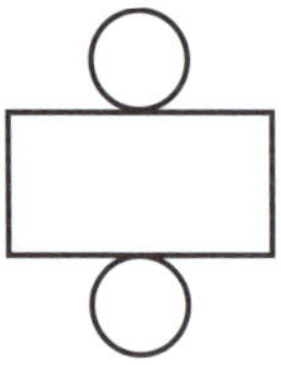

e.

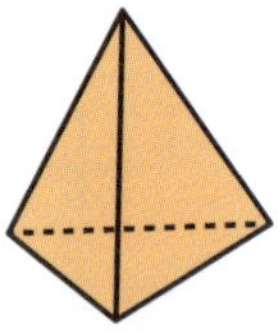

5. 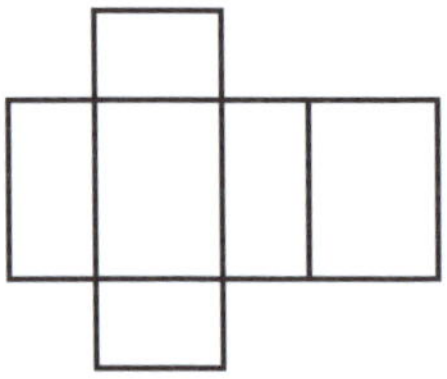

f.

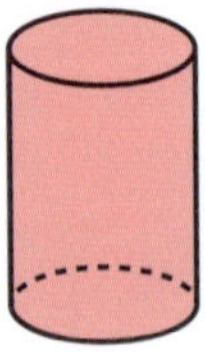

6. 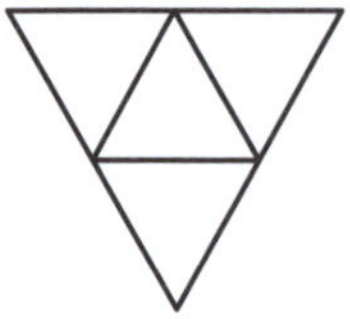

2 Dessinez à main levée le patron du solide suivant :

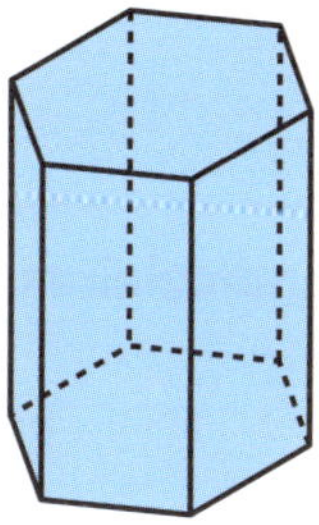

3 **a.** Réalisez, sur une feuille blanche et à taille réelle, un patron du solide suivant.
Les lignes pleines sont des lignes de découpe, celles en pointillé sont des lignes de pliage.

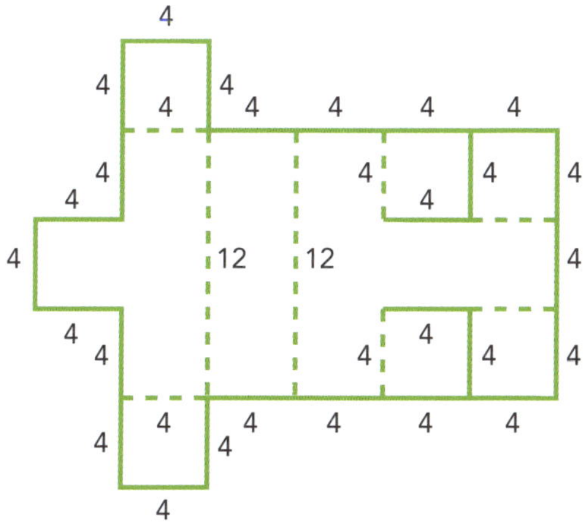

b. Déterminez son volume.

50 Perpendicularité et parallélisme sur quadrillage

Sur un quadrillage, on peut **identifier deux droites perpendiculaires** en s'intéressant à leur **pente**.

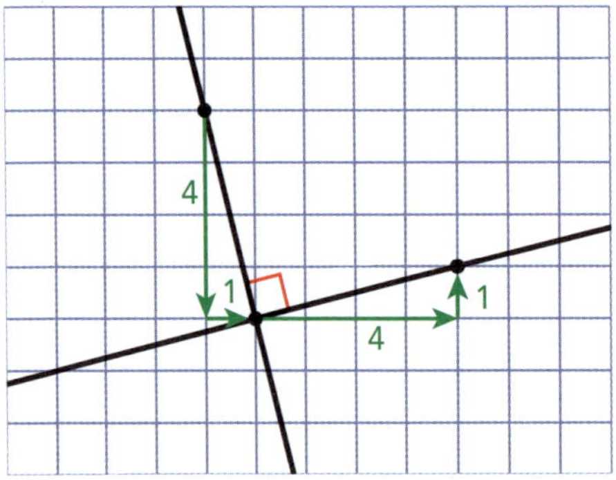

Droites perpendiculaires

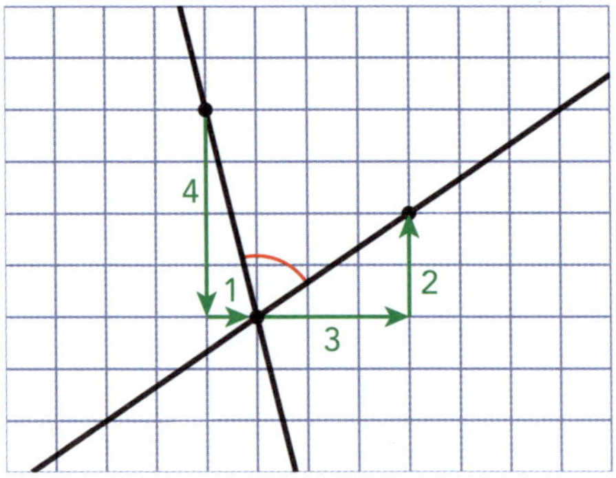

Droites non perpendiculaires

De même, on peut **tracer une perpendiculaire** en s'inspirant de ce procédé.

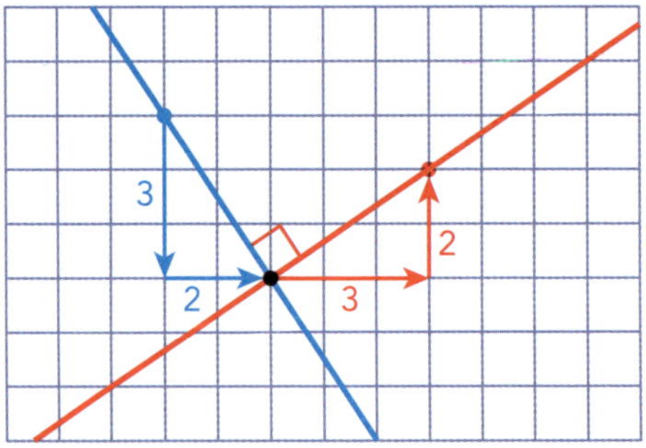

Deux **droites parallèles** ont une même inclinaison.

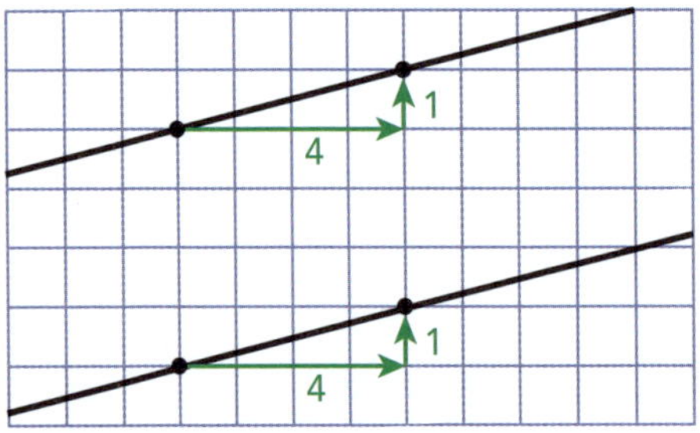

Droites parallèles

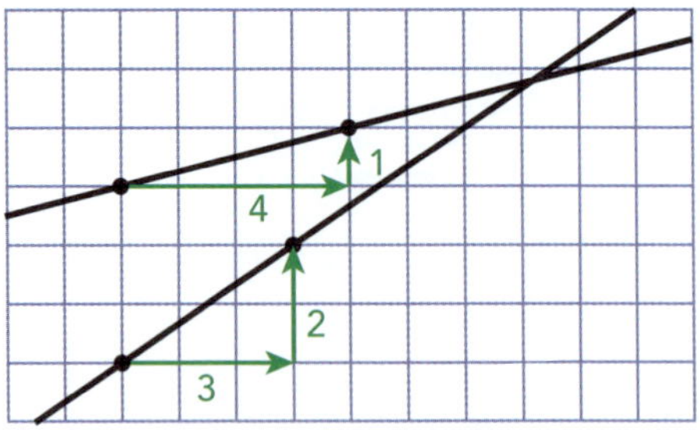

Droites non parallèles

1 Parmi les droites ci-dessous, cochez celles qui sont perpendiculaires.

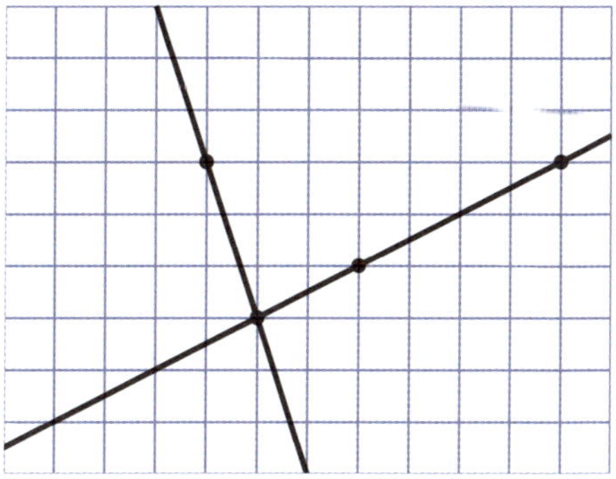

☐ ☐

2 Parmi les droites ci-dessous, cochez celles qui sont parallèles.

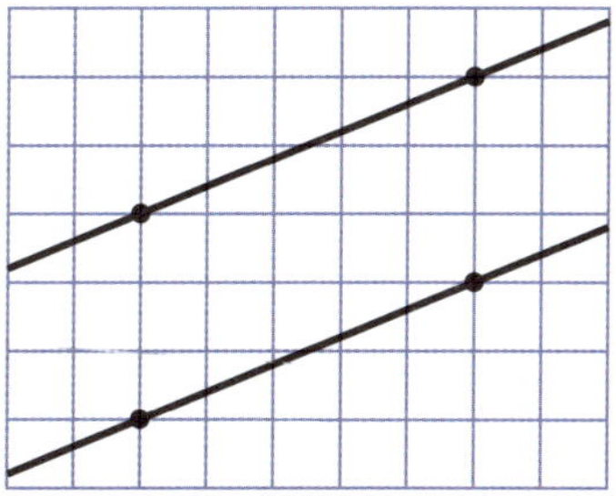

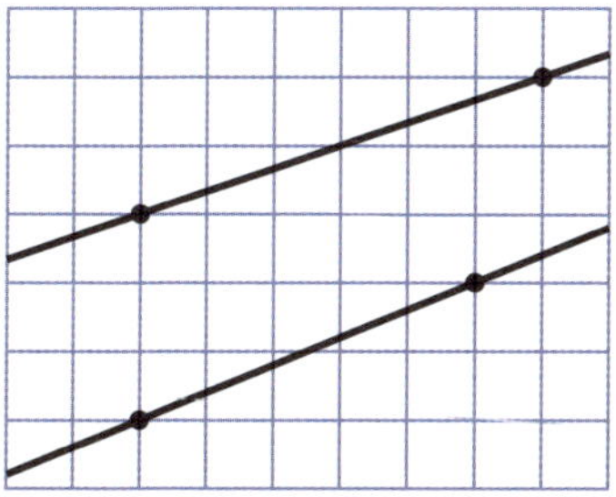

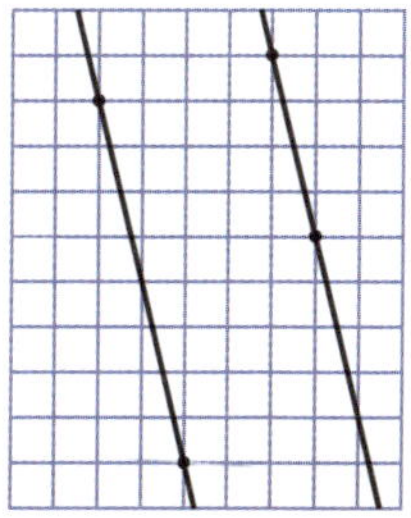

☐ ☐ ☐

3 Dans le quadrillage ci-dessous, tracez une paire de droites perpendiculaires et une paire de droites parallèles passant par les points.

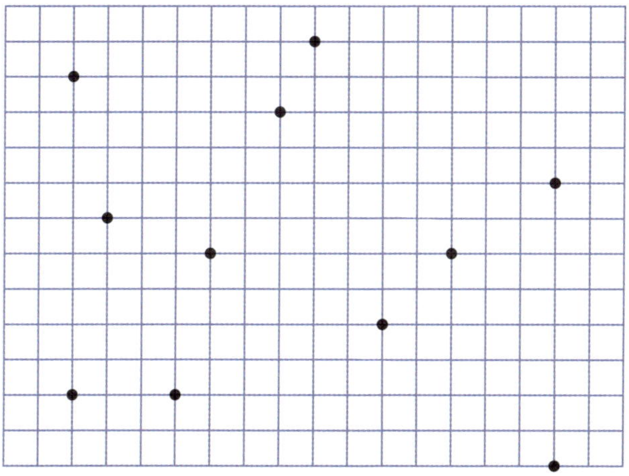

51 Perpendicularité

Étant donné une droite (D) et un point A (éventuellement situé sur cette droite), il existe une **unique droite perpendiculaire** à (D) passant par A.

Hors quadrillage, on utilise une équerre pour tracer cette perpendiculaire.

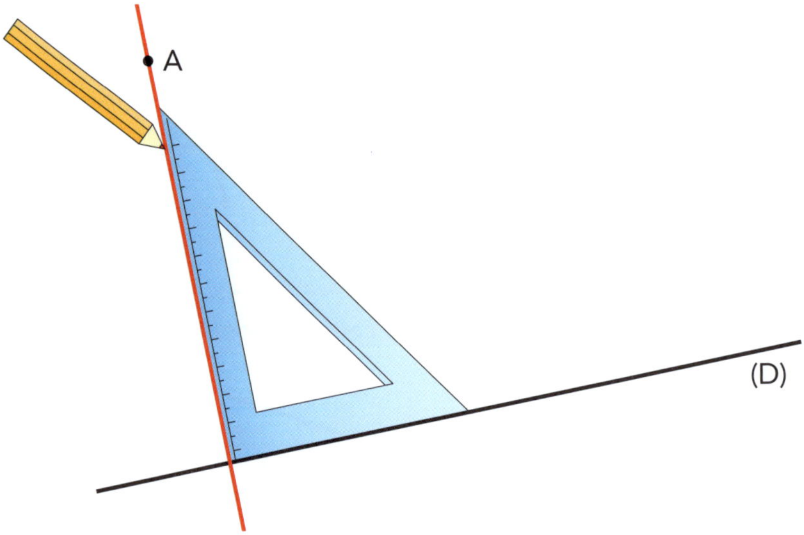

1 Dans chacun des cas ci-dessous, tracez la perpendiculaire à la droite (D) passant par A.

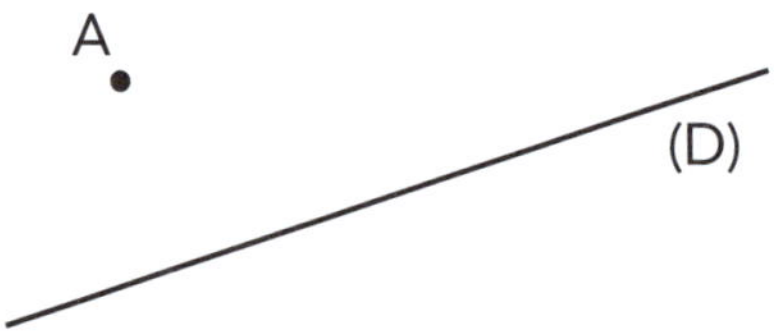

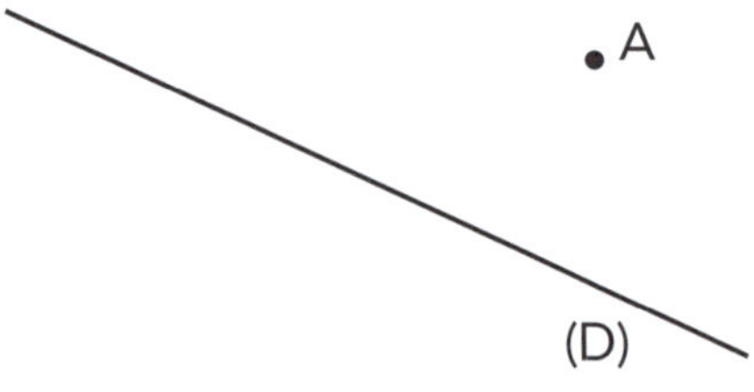

La distance de n'importe quel point à une droite nécessite de trouver la perpendiculaire à cette droite passant par le point.

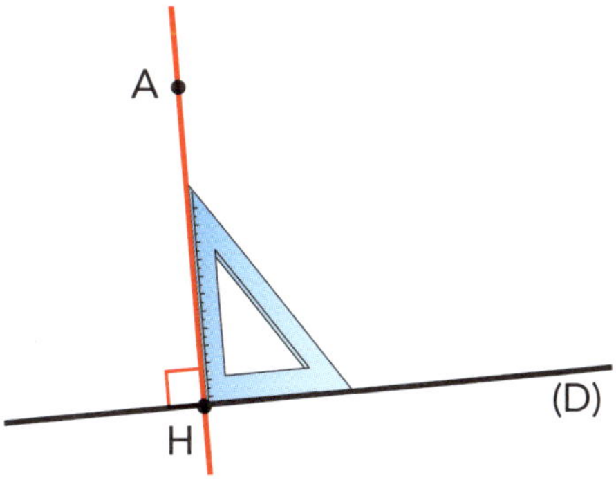

La distance du point A à la droite (D) est la distance AH.

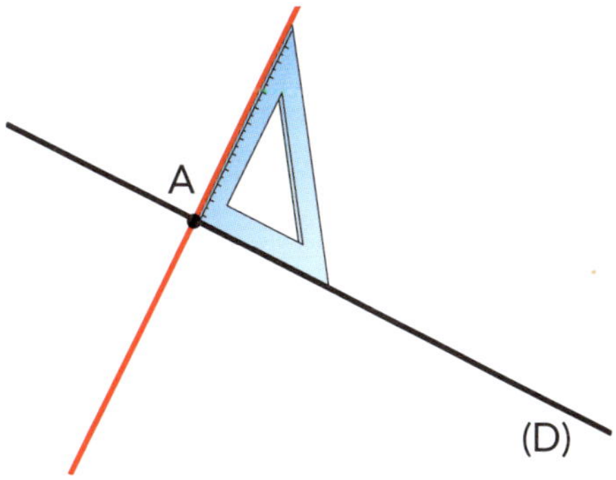

La distance du point A à la droite (D) n'est nulle que lorsque A appartient à la droite (D).

2 Dans chacun des cas, tracez la perpendiculaire à la droite (D) passant par A, puis mesurez, en cm, la distance de A à la droite (D).

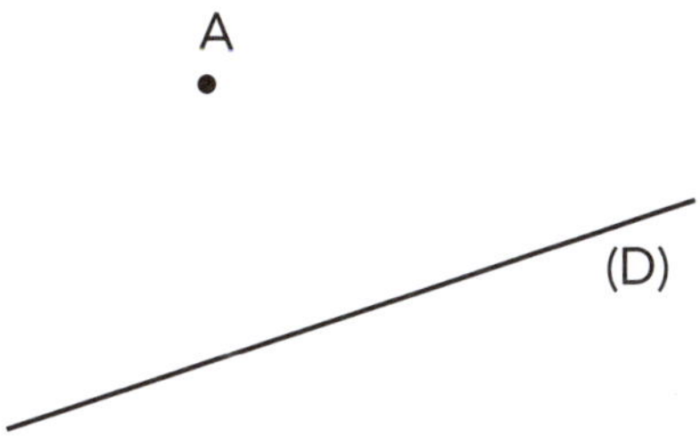

Distance à la droite = ______

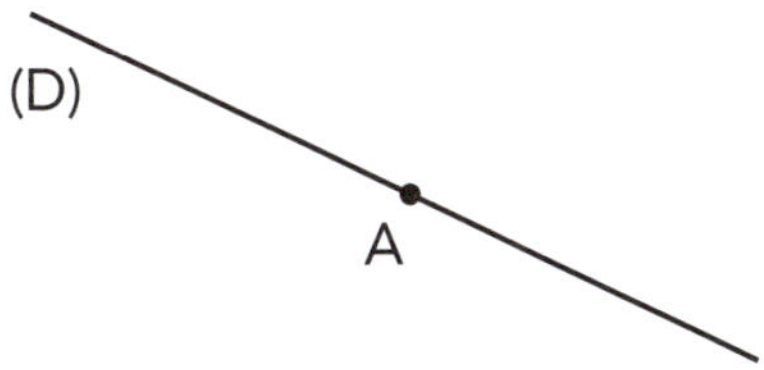

Distance à la droite = ______

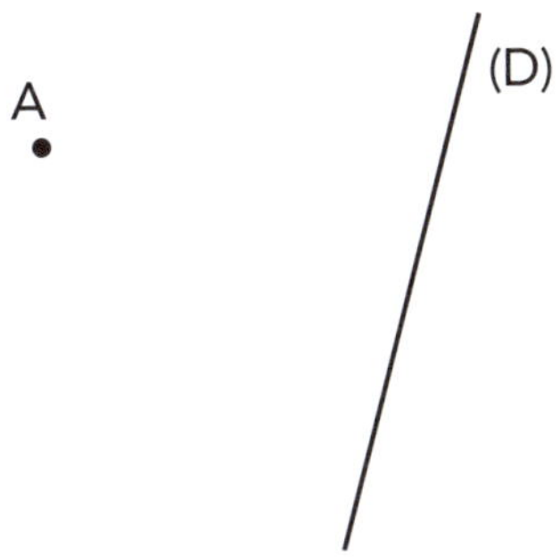

Distance à la droite = ______

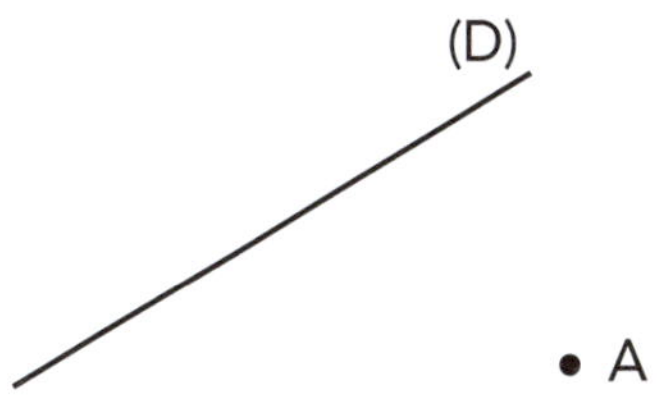

Distance à la droite = ______

52 Parallélisme

Étant donné une droite (D) et un point A, il existe une unique **droite parallèle** à (D) passant par A.

Pour tracer cette parallèle, on trace successivement la droite perpendiculaire à (D), puis on trace une droite (D′) perpendiculaire à la droite tracée passant par A.

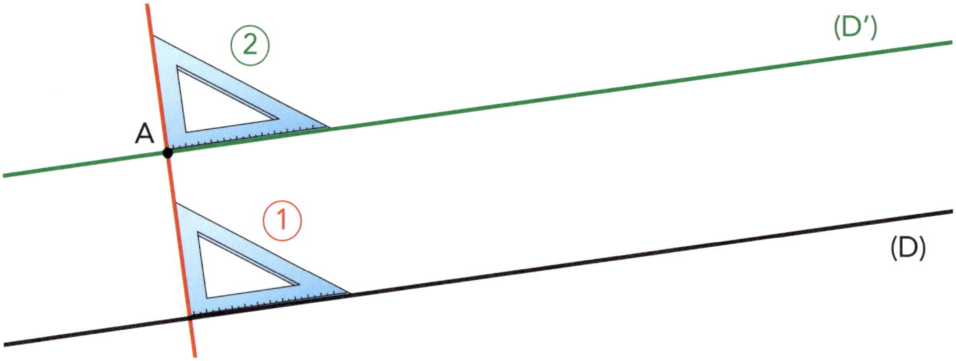

La droite (D′) est alors la parallèle à la droite (D) passant par A.

1 Dans chacun des cas ci-dessous, tracez la parallèle à la droite (D) passant par le point A.

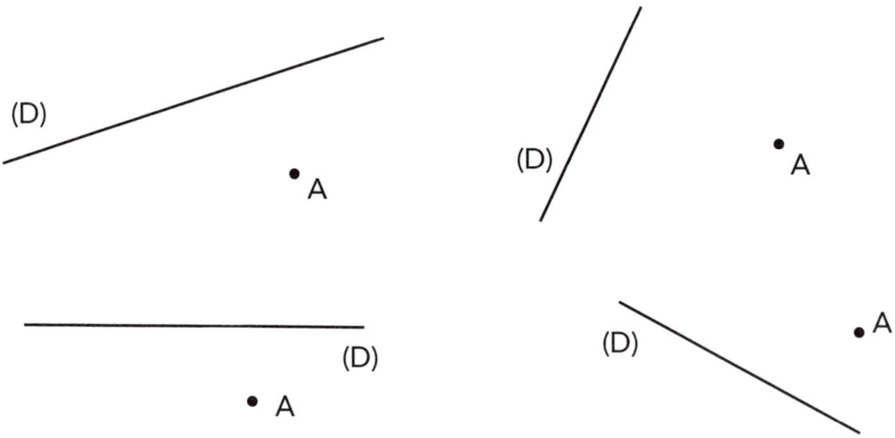

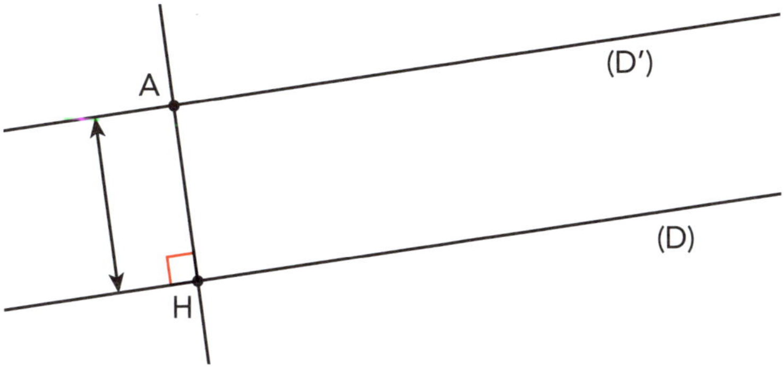

Pour calculer la **distance entre deux droites parallèles**, on trace une droite perpendiculaire à ces deux droites et on mesure la portion de droite comprise entre les deux parallèles.

2 Dans chacune des figures ci-dessous, mesurez la distance de la droite (D) à la droite (D') qui lui est parallèle.

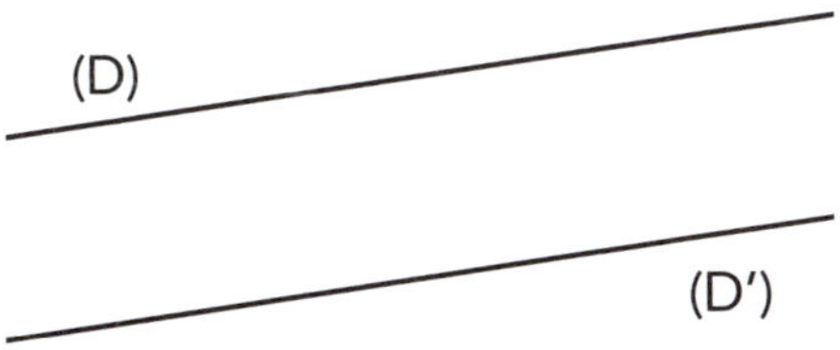

Distance de (D) à (D') = ________

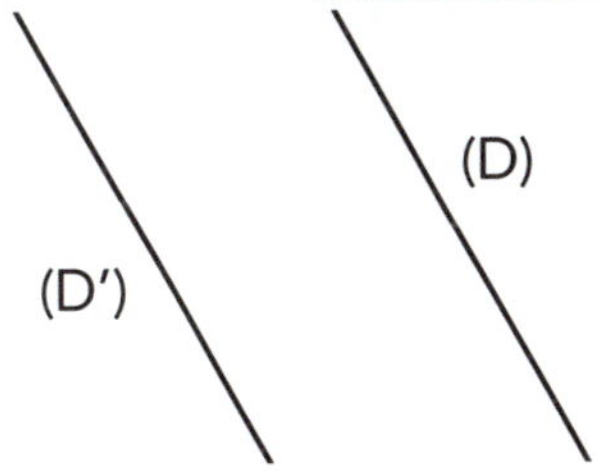

Distance de (D) à (D') = ________

Distance de (D) à (D') = ________

Distance de (D) à (D') = ________

53 Milieu et médiatrice

Pour **obtenir le milieu d'un segment** [AB] **de manière approchée**, on peut s'appuyer sur une règle graduée et placer le point à mi-distance de A et B.

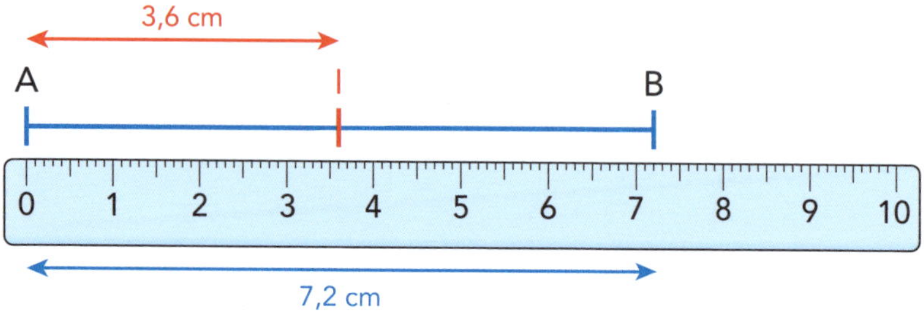

Pour l'obtenir **de manière exacte**, on utilise un compas.

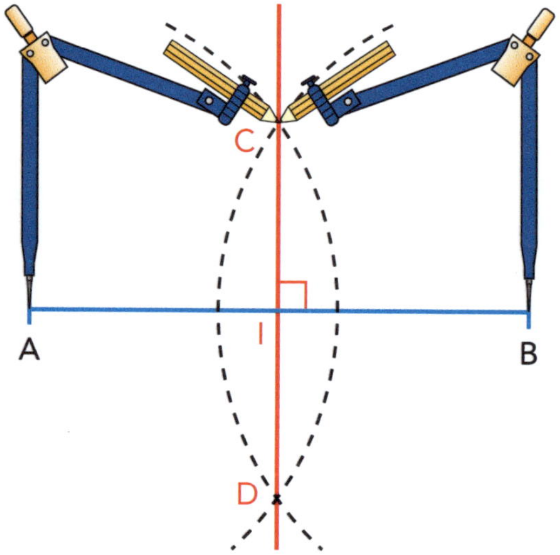

La droite passant par les points C et D est la **médiatrice** du segment AB. Elle est constituée des points qui sont à égale distance de A et B.

1 Dans chacun des cas suivants, mesurez à la règle graduée la longueur du segment [AB] et placez le milieu du segment.

AB = ________ cm	AB = ________ cm
Demi-distance = ________ cm	Demi-distance = ________ cm

2 Dans chacun des cas ci-dessous, tracez la médiatrice du segment [AB] et placez le milieu du segment [AB].

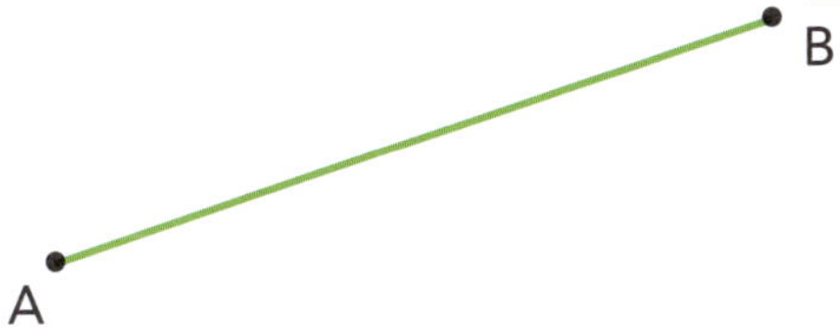

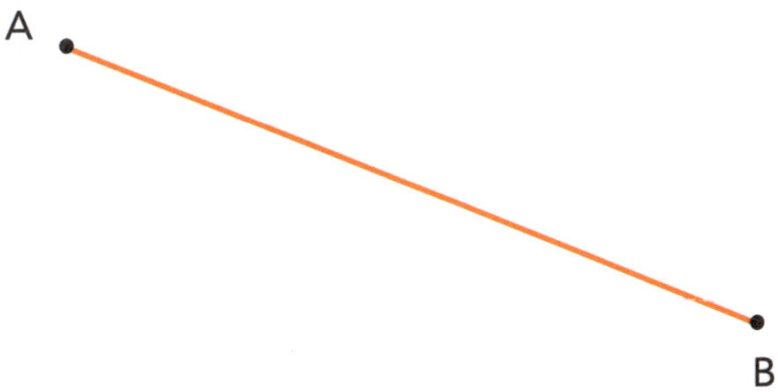

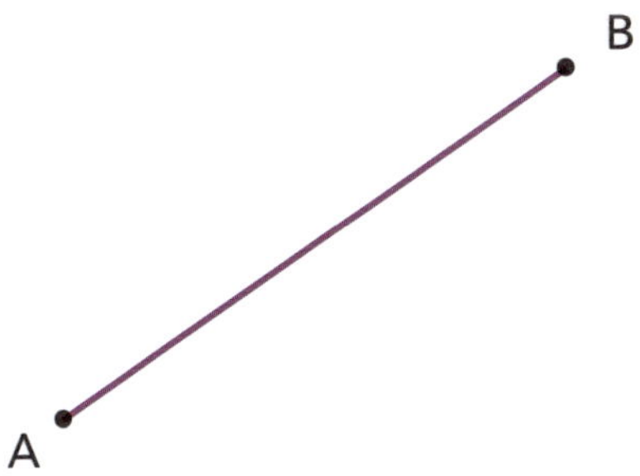

54 Parallélogrammes (1)

• Un quadrilatère dont les diagonales se coupent en leur milieu est nécessairement un **parallélogramme** :

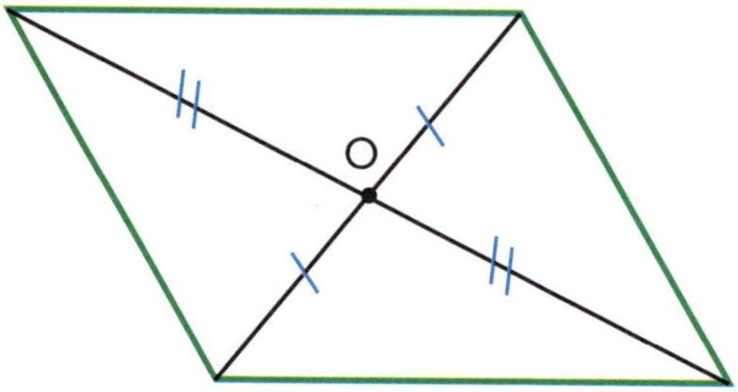

• Un parallélogramme dont les diagonales sont de longueur égale est nécessairement un **rectangle** :

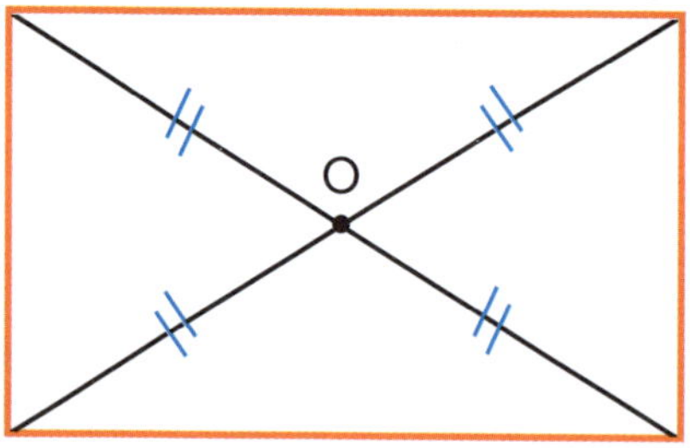

1 Déterminez la nature des quadrilatères rose et bleu.

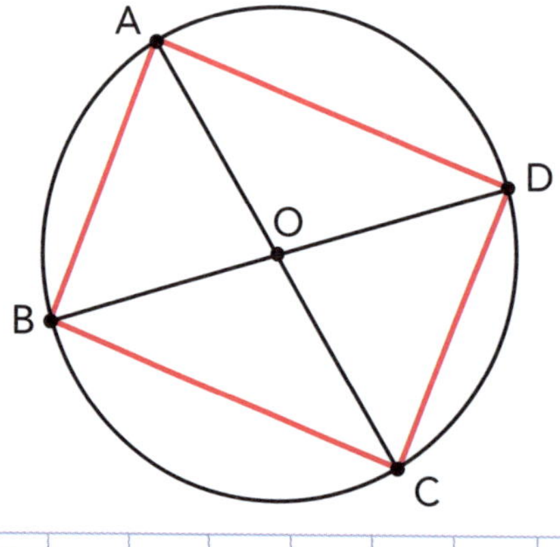

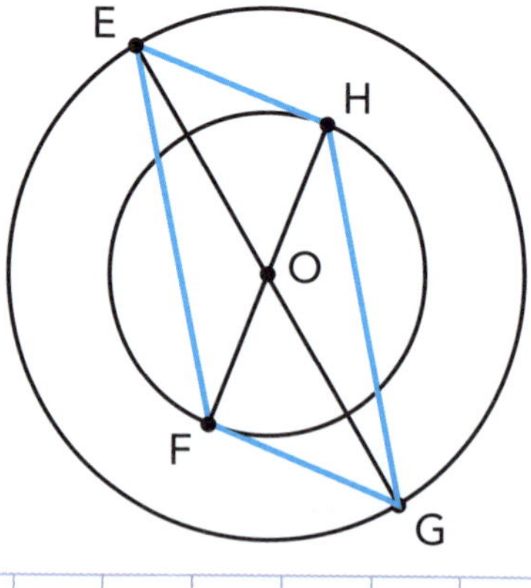

2 À l'aide d'un compas et d'une règle, construisez un parallélogramme ABCD dont [BD] est une diagonale.

3 À l'aide d'un compas et d'une règle, construisez le rectangle ABCD dont [AB] est un côté et O le centre.

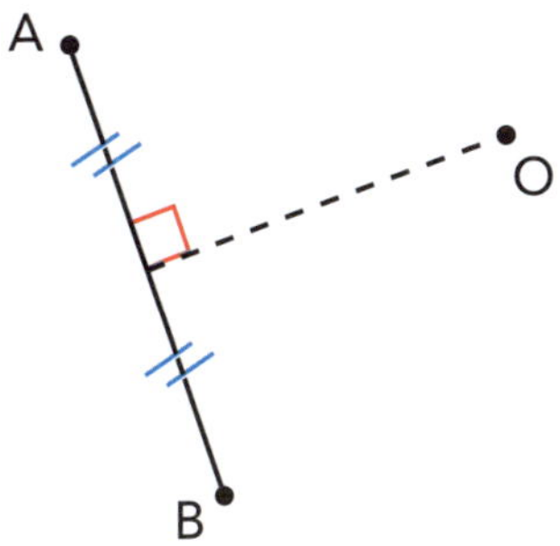

55 Parallélogrammes (2)

• Un parallélogramme dont les diagonales se coupent en leur milieu et sont perpendiculaires est un **losange**.

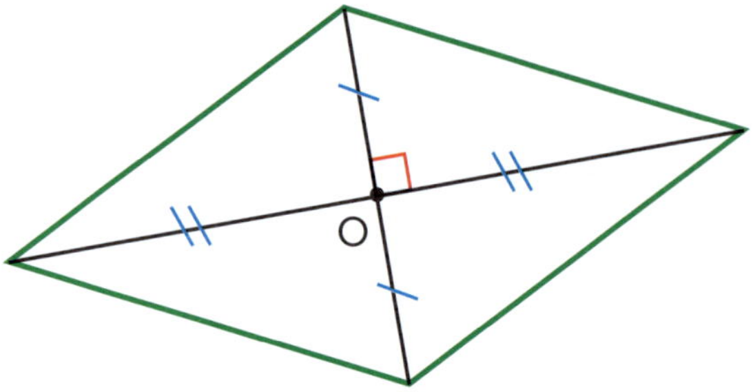

• Un parallélogramme dont les diagonales se coupent en leur milieu, sont perpendiculaires et de longueur égale est un **carré**.

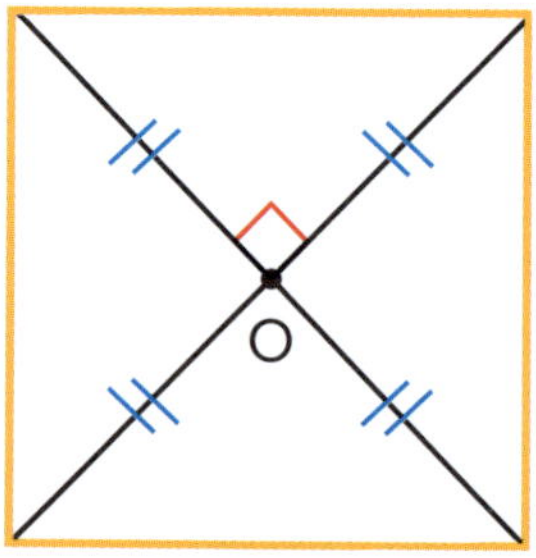

1 Déterminez la nature des quadrilatères orange et vert.

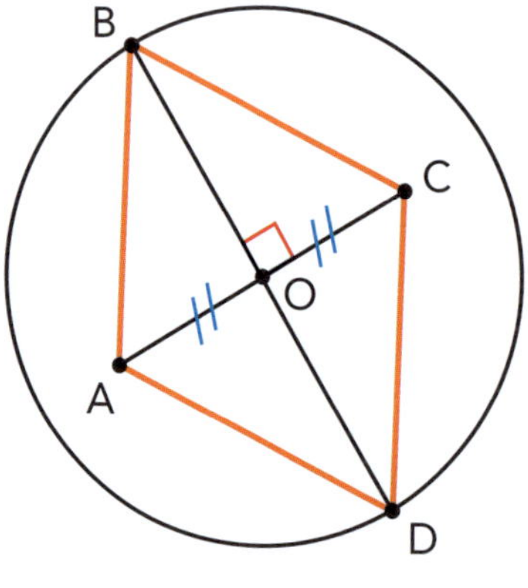

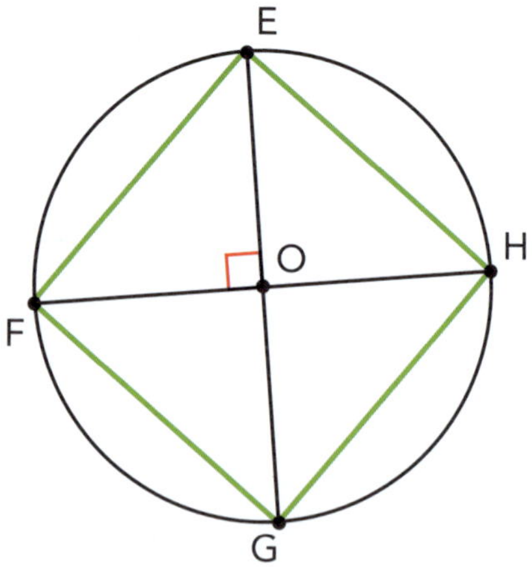

2 À l'aide d'un compas et d'une règle, complétez la figure suivante afin d'obtenir le carré ABCD dont A est un sommet et O le centre.

3 À l'aide d'un compas et d'une règle, complétez la figure suivante afin d'obtenir un losange ABCD dont A et C sont deux sommets.

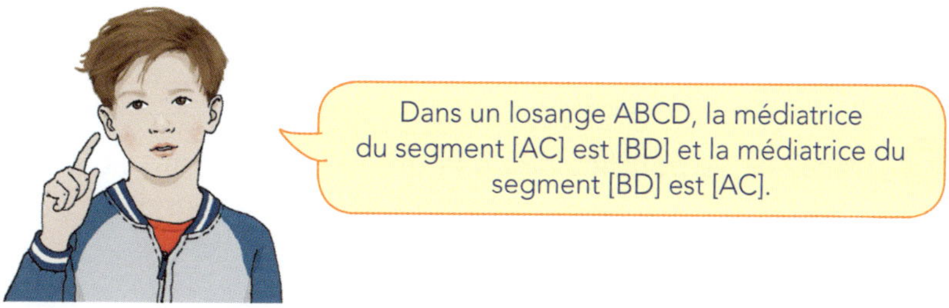

56 Constructions à la règle et au compas

Pour **construire la perpendiculaire** à la droite (d) passant par le point A à l'aide d'une règle (non graduée) et d'un compas :

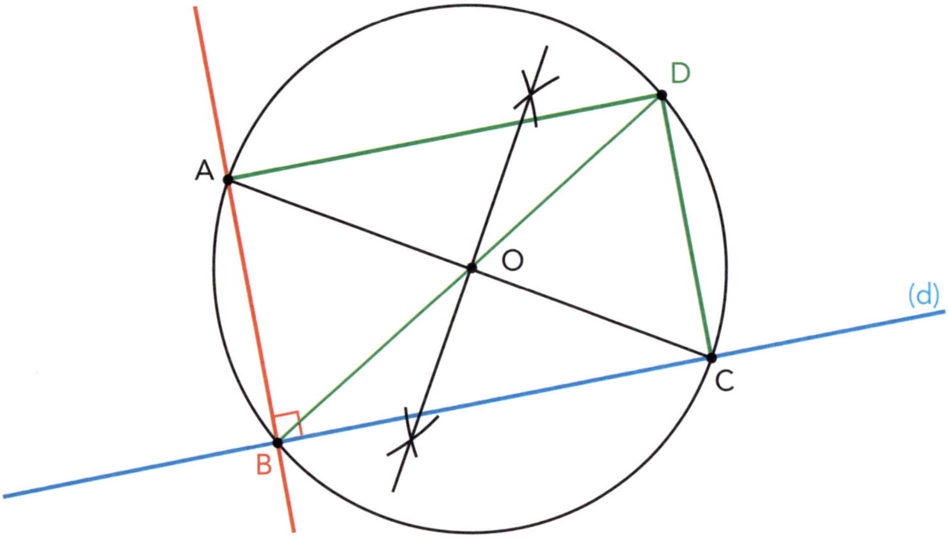

① Je place un point C au hasard sur la droite (d).

② Je détermine le milieu O du segment [AC].

③ Je trace le cercle de centre O passant par A et C : il coupe la droite (d) en B. Alors, la droite **(AB) est perpendiculaire** à la droite (d) en B.

④ En traçant la droite (BO), j'obtiens un 4e point sur le cercle : le point D.
Le quadrilatère **ABCD est un rectangle** :
les diagonales du quadrilatère ABCD se coupent en leur centre et sont de longueur égale.

1 Tracez la perpendiculaire à la droite (d) passant par le point A.

2 Dans le dessin ci-dessous, on a tracé la perpendiculaire à (d) passant par A, on a noté H son point d'intersection avec (d) et on a tracé le cercle de centre A passant par H. Le point A est alors le milieu du segment [BH].

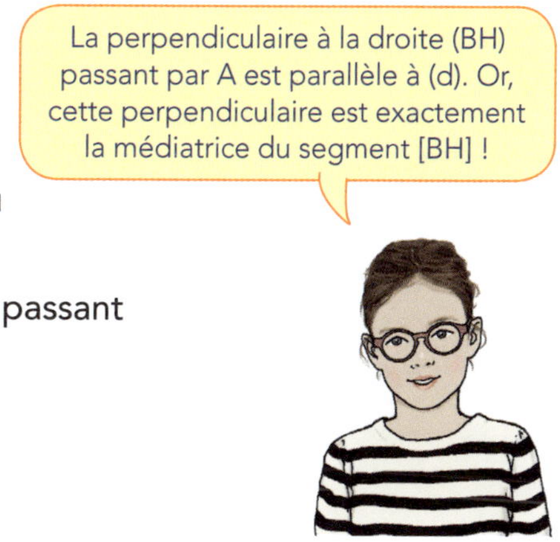

Tracez la parallèle à la droite (d) ci-dessous passant par le point A.

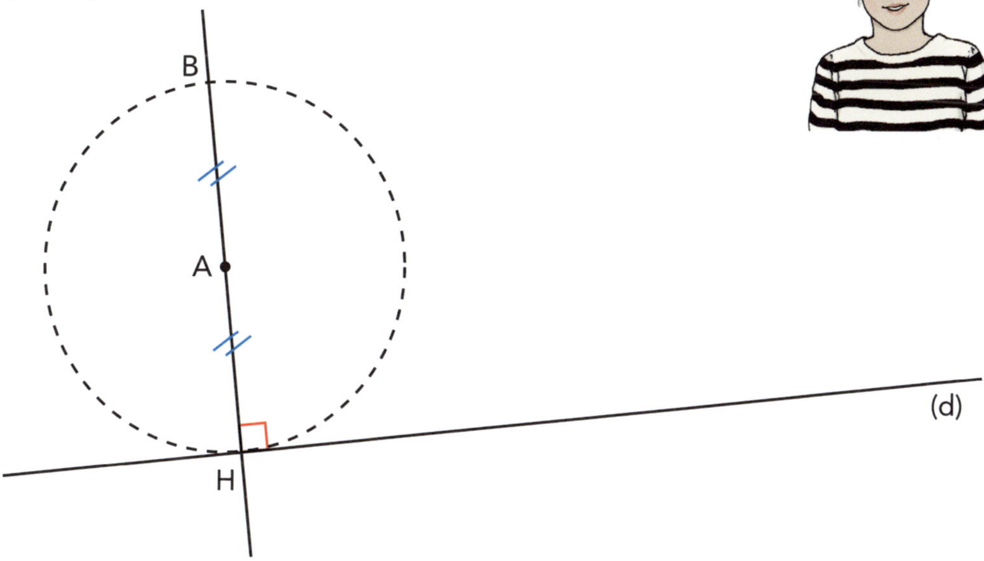

57 Construction de figures composées

Pour réaliser des figures, on peut suivre un **programme de construction** : il s'agit d'instructions données en plusieurs étapes.

À l'inverse, on peut observer une figure déjà tracée pour compléter un programme de construction.

1 À partir du segment [AB] tracé ci-dessous, construisez la figure associée au programme suivant :

a. Construisez le milieu I et la médiatrice (d) du segment [AB].

b. Reportez au compas le point H de la droite (d) tel que IH = AB.

c. Tracez le cercle de centre H et de rayon HA.

d. Tracez les diamètres passant par A et B : ils coupent le cercle respectivement en A' et en B'.

e. Tracez le segment [A'B']

2 Complétez le programme de construction associé à la figure ci-dessous.
La figure de départ est le rectangle ABCD (en vert).

a. Tracez la médiatrice (d) des segments ____________________.
On nomme O ____________________ et O′ ____________________.

b. Placez les points H et H′ de manière à ce que
OH = AB et O′H′ = ____________________.

c. Tracez le cercle (C) de centre ____________ et de rayon ____________.

d. Tracez ____________ de centre H′ et de rayon ____________.

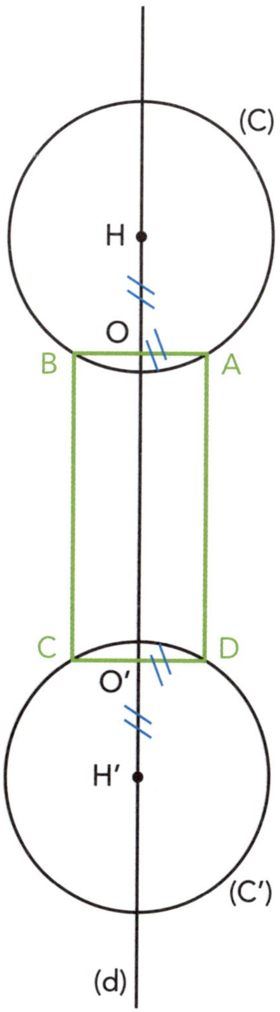

58 Symétrie axiale sur quadrillage

Deux figures sont dites **symétriques par rapport à une droite** (d) si elles se superposent par pliage le long de la droite (d), qui est l'axe de symétrie.

On dit que le point A' est le **symétrique** du point A par rapport à une droite (d) si la droite (d) est la médiatrice de [AA'].

Sur papier quadrillé, on utilise le quadrillage comme repère pour placer le symétrique d'un point par rapport à une droite.

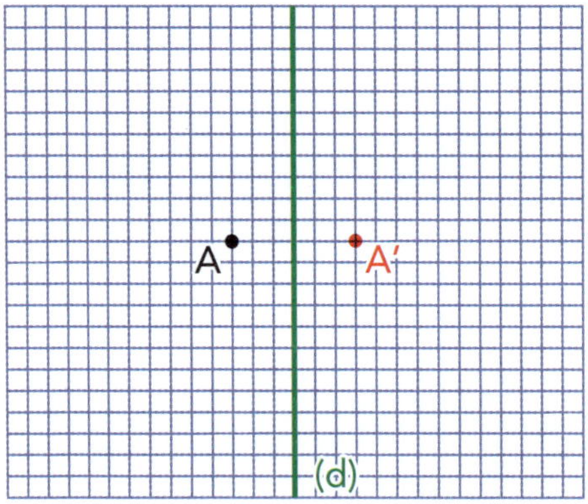

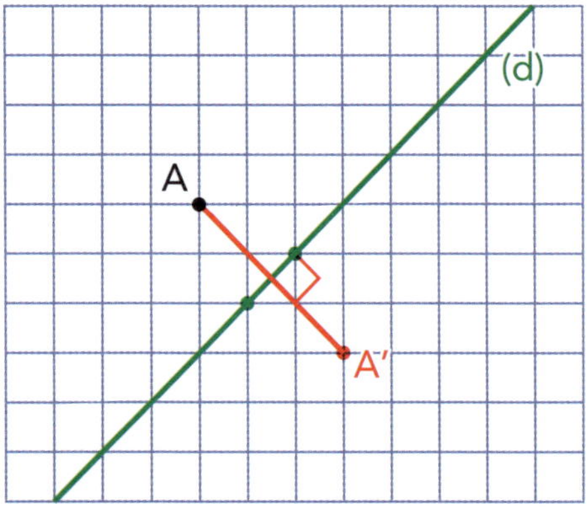

On en déduit le symétrique d'une figure en plaçant le symétrique de chaque point par rapport à l'axe indiqué.

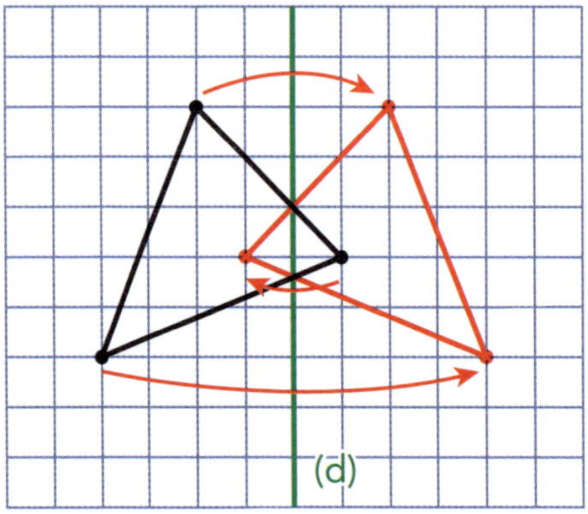

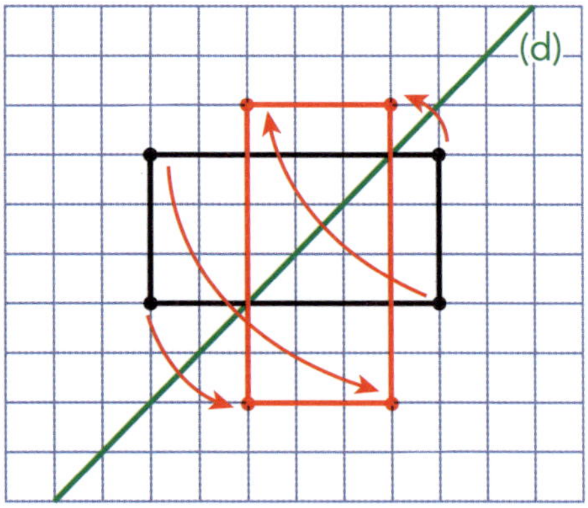

1 En vous aidant du quadrillage, tracez le symétrique des points suivants par rapport à l'axe indiqué.

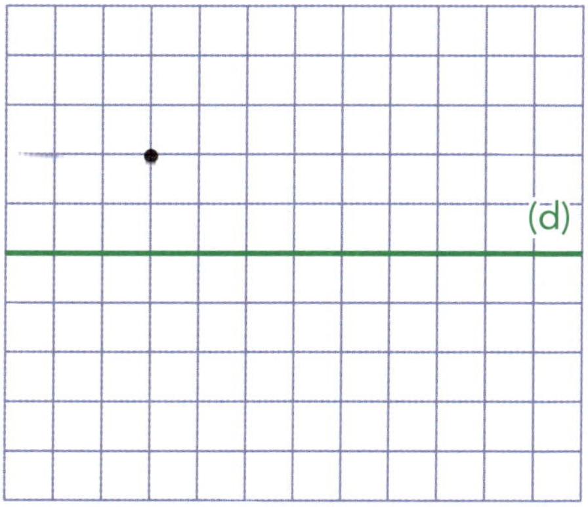

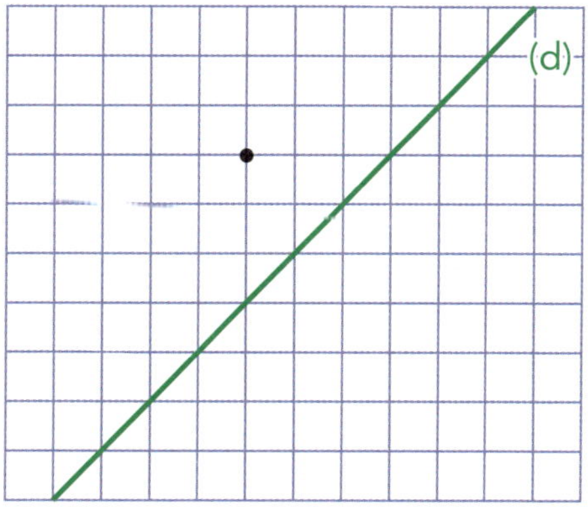

2 En vous aidant du quadrillage, tracez le symétrique des figures ci-dessous par rapport à l'axe indiqué.

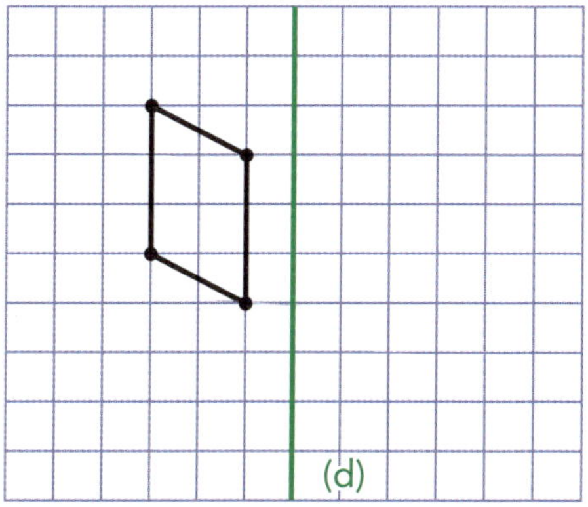

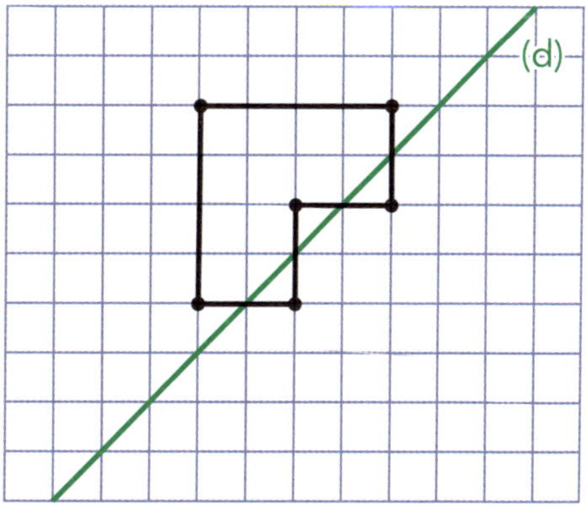

3 Coloriez la figure qui est son propre symétrique par rapport à la droite dessinée.

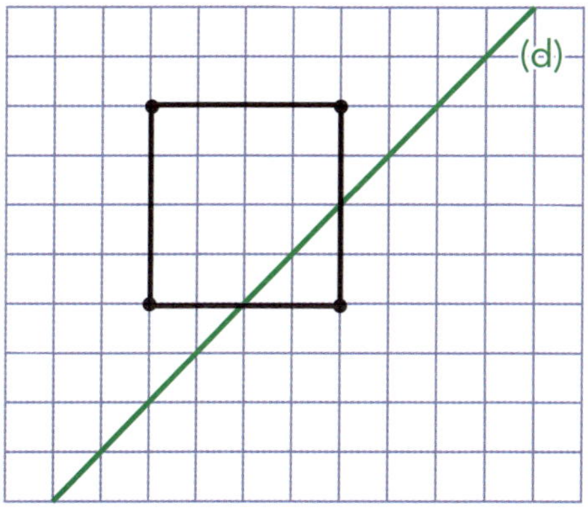

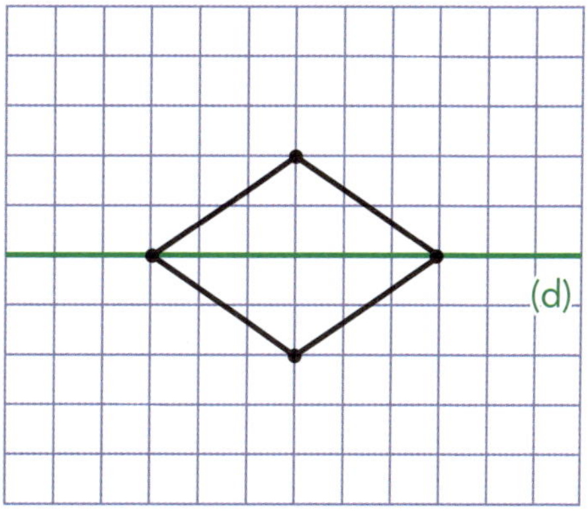

59 Symétrie axiale

Dans la figure ci-dessous, A′ est le symétrique du point A par rapport à la droite (d).

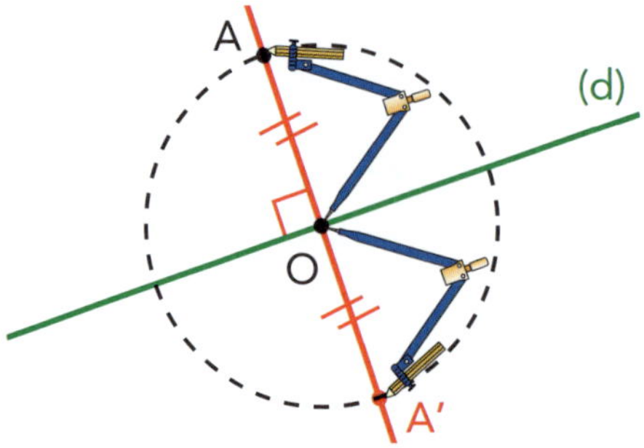

① Je trace la perpendiculaire à (d) passant par A. Elle coupe (d) en un point O.

② Je trace le cercle de centre O et de rayon [OA] : il coupe la droite (OA) en un symétrique A′ du point A par rapport à (d).

Pour construire le symétrique d'une figure par rapport à une droite, on construit le symétrique de chaque point, puis on relie les points obtenus.

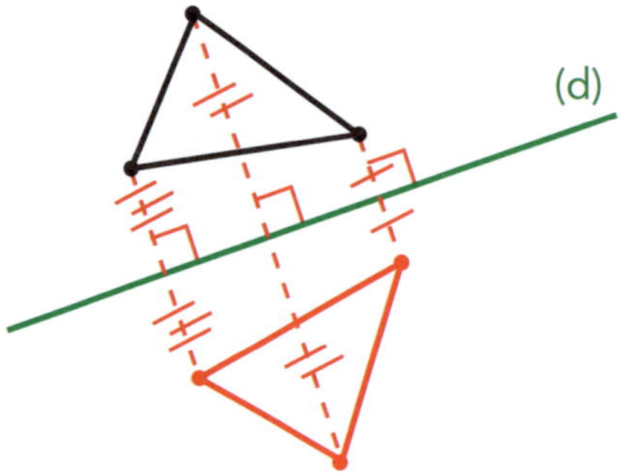

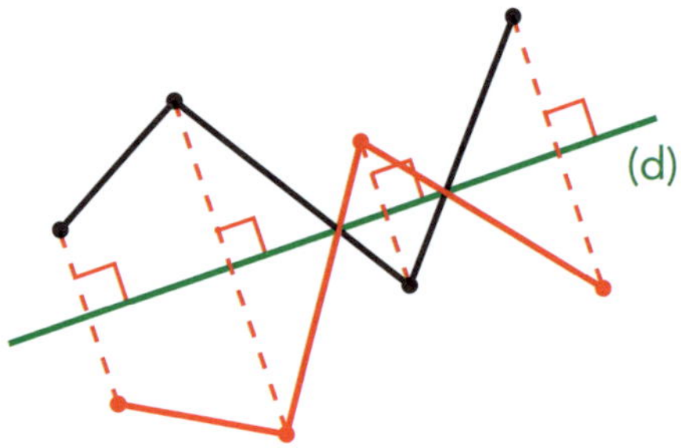

1 À l'aide d'une équerre, d'une règle et d'un compas, construisez le symétrique du segment ci-dessous par rapport à l'axe indiqué en vert.

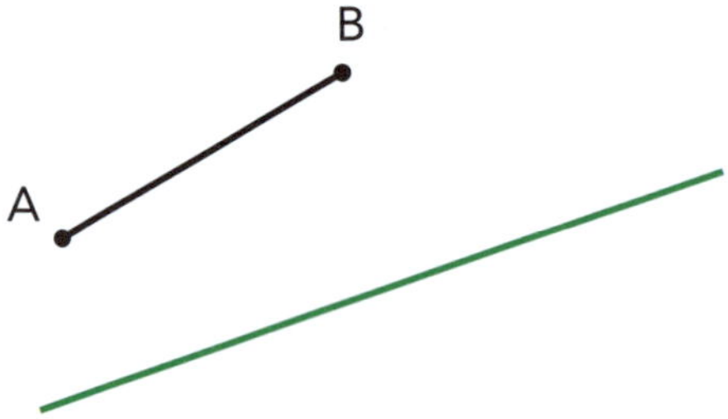

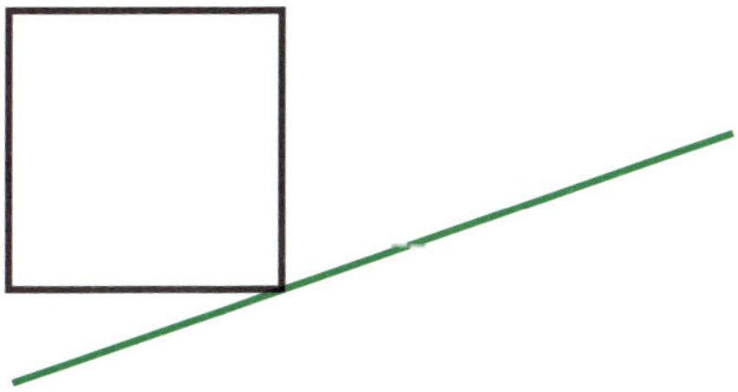

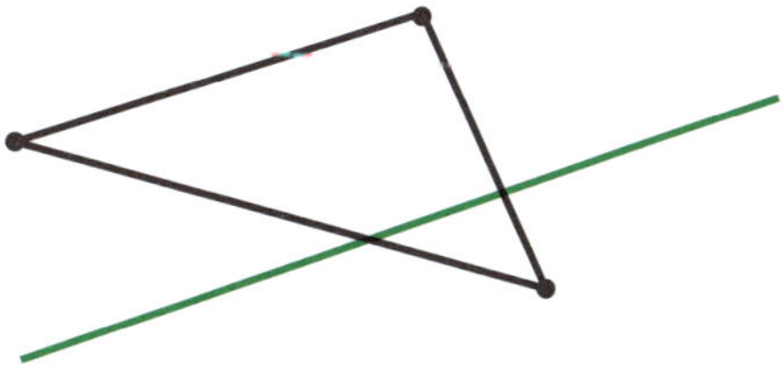

2 La figure rouge est symétrique à la figure bleue. Tracez l'axe de symétrie.

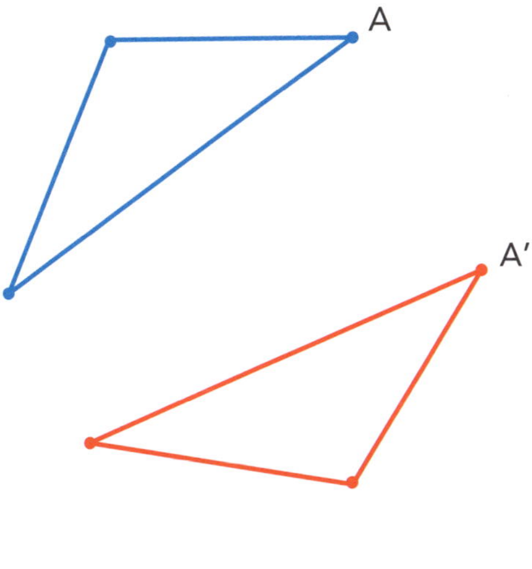

60 Axes de symétrie

Certaines figures géométriques présentent un **axe de symétrie**, c'est-à-dire un axe par rapport auquel la figure est son propre symétrique.

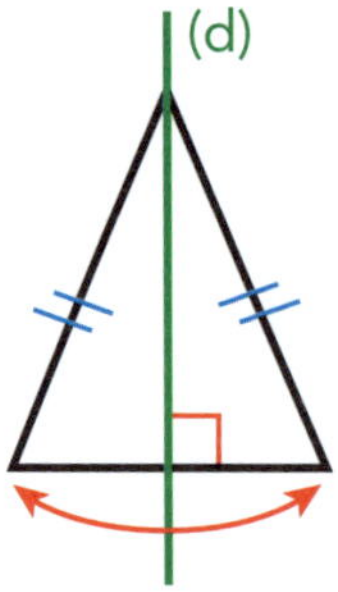

Triangle isocèle

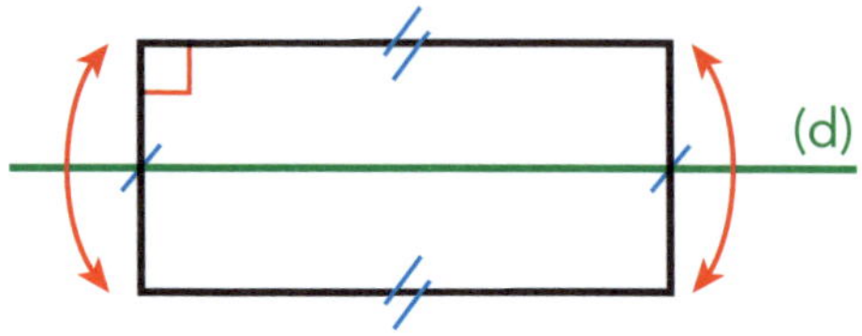

Rectangle

Le nombre d'axes de symétrie d'une figure dépend de sa nature :

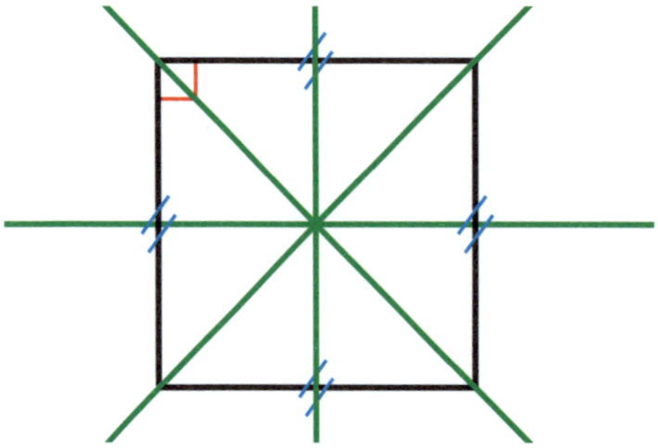

Carré
4 axes de symétrie

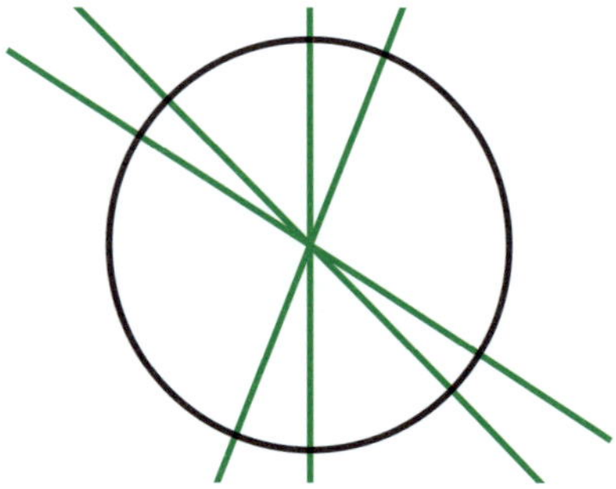

Cercle
une infinité d'axes de symétrie

1 Dans les figures ci-dessous, déterminez les droites tracées qui sont des axes de symétrie.

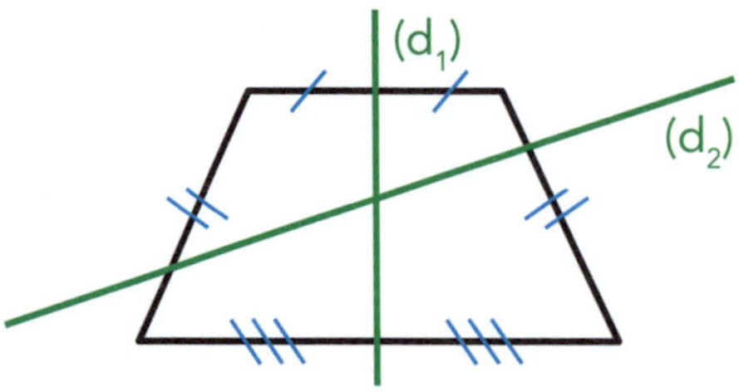

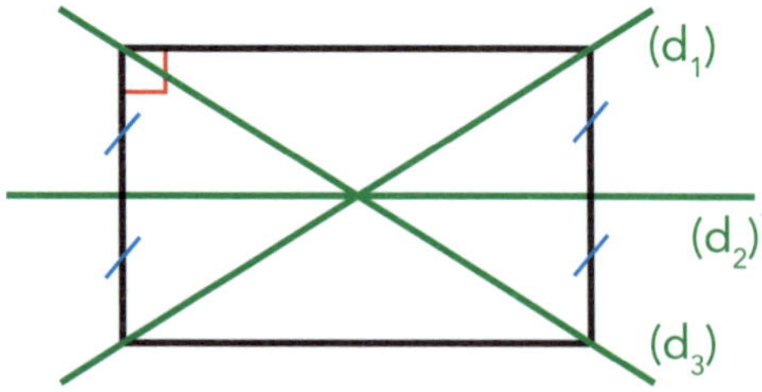

2 À l'aide d'une règle graduée, d'une équerre et d'un compas, tracez les axes de symétrie des figures suivantes.

Corrigés

Les corrigés des exercices de géométrie sont téléchargeables sur le site de La Libraire des Écoles.

p. 4 1. 12 080 • 272 315 • 3 713 800 • 41 000 012 • 7 079 001 080 • 13 000 217 020

p. 5 2. 657 200 ; 6 572 centaines • 12 500 000 ; 12 500 milliers • 14 000 312 000 ; 140 003 120 centaines
3. 7 unités de millions, 6 centaines de milliers, 5 dizaines de milliers, 9 unités de milliers, 9 centaines, 7 dizaines et 1 unité • 8 dizaines de milliards, 7 unités de milliards, 4 centaines de millions, 1 dizaine de millions, 2 unités de millions, 7 centaines et 9 unités.
4. a. 210 dizaines (2 100) • **b.** soixante et onze mille neuf cents centaines • **c.** huit milliards douze mille

p. 6 1. 261 + 647 = 908 • 783 + 958 = 1 741 • 1 361 + 2 549 = 3 910 • 708 + 8 594 = 9 302

p. 7 2. 173 + 299 = 472 • 743 + 298 = 1 041 • 7 529 + 3 145 = 10 674 • 83 251 + 78 597 = 161 848 • 713 215 + 2 425 772 = 3 138 987 • 23 479 875 + 87 150 209 = 110 630 084
3. 764 – 513 = 251 • 801 – 192 = 609 • 2 450 – 821 = 1 629 • 3 071 – 1 845 = 1 226
4. 984 – 327 = 657 • 1 254 – 146 = 1 108 • 31 512 – 8 794 = 22 718 • 456 832 – 287 941 = 168 891
5. a. 1 650 – 215 = 1 435 • **b.** 3 592 + 715 = 07

p. 8 1. 23 × 17 = 391 • 76 × 63 = 4 788 • 123 × 25 = 3 075 • 298 × 37 = 11 026

p. 9 2. 14 × 74 = 1 036 • 359 × 17 = 6 103 • 249 × 31 = 7 719 • 625 × 251 = 156 875 • 1 347 × 312 = 420 264 • 3 918 × 2 134 = 8 361 012
3. 751 ÷ 13 Q = 57 R = 10 • 842 ÷ 22 Q = 38 R = 6 • 3 214 ÷ 31 Q = 103 R = 21 • 917 ÷ 12 Q = 76 R = 5
4. 842 ÷ 41 Q = 20 R = 22 • 4 537 ÷ 25 Q= 181 R = 12 • 1 215 ÷ 91 Q = 13 R = 32 • 9 512 ÷ 27 Q = 352 R = 8
5. a. 71 × 34 = 2 414 • **b.** 3 875 ÷ 31 Q = 125 R = 0

p. 10 1. 3 + 4 × 7 – 5 = 26 • (3 + 4) × 7 – 5 = 44 • 13 – 36 ÷ 12 – 4 = 6 • (75 + 125) – 13 × 4 = 148

p. 11 2. (13 – 5) × 3 + (14 × 10) – 1 = (13 – 5) × 3 + 14 × 10 – 1 = 163 • ((25 – 10) × (5 + 2)) + (35 – (2 × 15)) = (25 – 10) × (5 + 2) + 35 – 2 × 15 = 110
3. Sans parenthèses : 646 • Avec parenthèses (1) : 14 × (50 – 38) – 32 ÷ 2 = 152 • Avec parenthèses (2) : 14 × 50 – (38 – 32) ÷ 2 = 697
4. 123 • 21 • 12 • 159

p. 12 1. (27 + 27) × 113 + (16 + 5) × 57 = 7 299
2. a. 1 341 245 191 • **b.** 9 151 441 213
3. a. (571 + 1 289) ÷ (17+41) Q = 32 R = 4 • b. Barberousse : 571 ÷ 17 Q= **33** R = 10 ; Grand-Crochet : 1 249 ÷ 41 Q = 31 R = 18. Les pirates de Barberousse y auraient (un peu) gagné.

p. 13 4. a. 3 • **b.** 103 • **c.** 1 003
5. (1 206 – 400) ÷ 62 = 13 années

p. 14 1. a. 0,1005 < 0,105 < 0,15 < 0,195 < 0,25 • **b.** 0,0001 < 0,0011 < 0,0101 < 0,011 < 0,1001 • **c.** 12,1 < 12,99 < 13,01 < 13,11 < 14,001 • **d.** 51,184 < 51,23 < 51,4 < 51,463 < 51,57 • **e.** 1,0813 < 1,0911 < 1,1298 < 1,1301 < 2,0001

p. 15 2. a 3,19 < 3,2002 < 3,203 • **b.** 10,100 < 100,01 < 1 000,1 • **c.** 0,009 < 0,19 < 0,91 • **d.** 7,712 < 8,3 < 8,57
3. De gauche à droite : 1,01 ; 1,15 ; 1,23 ; 1,34 ; 1,47

p. 16 1. 871,359 + 945,671 = 1 817,03 • 2 812,546 + 1 715,759 = 4 528,305 • 749,2573 + 4 391,37 = 5 140,6273

p. 17 2. 546,918 – 172,845 = 374,073 • 2 500,1 – 788,9 = 1 711,2 • 3 157,13 – 278,945 = 2 878,185
3. 32,295 + 79,388 = 111,683 • 836,245 + 95,776 = 932,021 • 6 379,4731 + 78 145,29 = 84 524,7631 • 85 433 + 9 469,217 = 94 902,217
4. 21,757 – 18,915 = 2,842 • 845,71 – 173,8 = 671,91 • 5 461,372 – 1 945,49 = 3 515,882 • 54 817 – 29 386,007 = 25 430,993
5. a. 371,845 – 113,217 = 258,628 • **b.** 9 001 – 4 613,257 = 4 387,743

p. 18 1. 54,6 × 31,7 = 1730,82 • 3,79 × 1,54 = 5,8366 • 61,89 × 7,53 = 466,0317 • 8,756 × 29,4 = 257,4264

p. 19 2. 1 533,84 ÷ 8 = 191,73 • 31,596 ÷ 4 = 7,899 • 962,5 ÷ 11 = 87,5 • 46,92 ÷ 12 = 3,91

3. 37,51 × 12,4 = 465,124 • 98,6 × 0,213 = 21,0018 • 0,751 × 0,26 = 0,19526 • 1 211 × 0,784 = 949,424 • 75,8 × 24,7 = 1 872,26 • 0,951 × 0,84 = 0,79884 • 7 002 × 5,8 = 40 611,6 • 31,84 × 9,15 = 291,336
4. 363,58 ÷ 7 = 51,94 • 229,62 ÷ 6 = 38,27 • 96,69 ÷ 11 = 8,79 • 126,1 ÷ 13 = 9,7 • 66,64 ÷ 17 = 3,92 • 908,16 ÷ 24 =37,84
5. a. 7,285 ; 8,74 ; 7,2428 ; 1,9 et 1,9 < 7,2428 < 7,285 < 8,74 • **b.** 388,96 ; 389,1 ; 388,9 ; – 388,78 et 388,78 < 388,9 < 388,96 < 389,1.

p. 20 1. a. 2,5 × 1,80 + 3 × 2,25 + 2 × 3,20 = 17,65 € • b. 17,65 + 12,35 = 30 €

p. 21 2. Prix des ballons et des paquets de balles = 2 × 5,25 + 2 × 3,15 = 16,8 € • Prix d'une raquette = (47,1 – 16,8) ÷ 3 = 10,1 €
3. a. 19 × 2,464 = 46,816 kg • **b.** 17 × 3,217 = 54,689 kg •
4. a. B abat la plus grande quantité de bois, A est la plus économe en nourriture. • **b.** A : 25 200 ÷ 1 428 Q = 17 jours ; R = 924. 18 jours. / B : 25 200 ÷ 1 930 Q = 13 jours ; R = 110. 14 jours.
5. a. Delajoux : 2 × 14,78 + 2 × 23,5 = 76,56 l / Martin : 1 × 14,78 + 3 × 23,5 = 85,28 l • **b.** Martin : 14,78 + 3 × (23,5 – 4,7) = 71,18 l.

p. 22 1. 13,2157 : par défaut = 13,215 ; par excès = 13,216 • 215,918 : 215,9 ; 216,0 • 3 127,08 : 3 120 ; 3 130

p. 23 2. 2 675 × 37 : estimation inférieure = 2 670 × 30 = 80 100 ; estimation supérieure = 2 680 × 40 = 107 200 ; calcul exact = 98 975 • 1 915 × 31 : 1 910 × 30 = 57 300 ; 1 920 × 40 = 76 800 ; 59 365 • 3 715 × 27 : 3 710 × 20 = 74 200 ; 3 720 × 30 = 111 600 ; 100 305
3. 14,65 × 7,8 : 14 × 7 = 98 ; 15 × 8 = 120 ; 114,27 • 79,9 × 10,98 : 79 × 10 = 790 80 × 11 = 880 ; 877,302 • 99,1 × 8,89 : 99 × 8 = 792 100 × 9 = 900 ; 880,999 • 27,81 × 8,8 : 27 × 8 = 216 ; 28 × 9 = 252 ; 244,728

p. 25 1. 125 ÷ 7 ≈ 17,9 • 31,46 ÷ 18 ≈ 1,75
2. 13,78 ÷ 9 ≈ 1,531 • 1,46 ÷ 11 ≈ 0,133 • 2,58 ÷ 7 ≈ 0,369 • 31,4 ÷ 13 ≈ 2,415
3. 280,47 ÷ 13 ≈ 21,57 •151,3 ÷ 7 ≈ 21,61 •65,2 ÷ 3 ≈ 21,73

p. 26 1. a. estimation inférieure = 2 × 1 + 2 × 3 = 8 € ; estimation supérieure = 3 × 2 + 3 × 4 = 18 € • **b.** estimation inférieure = 2 × 1 + 0 × 0 = 2 € ; estimation supérieure = 3 × 2 + 1 × 1 = 7 € • **c.** Oui : estimation supérieure Marie < estimation inférieure Luc : Luc a dépensé plus. • **d.** Non. Estimation supérieure = 3 × 2 + 5 × 1 = 11 €.

p. 27 2. a. À l'unité : inf = 7 227 + 8 472 = 15 699 ; sup = 7 228 + 8 473 = 15 701 ; au dixième : inf = 7 227,2 + 8 472,3 = 15 699,5 ; sup = 7 227,3 + 8 472,4 = 15 699,7 ; résultat exact = 15 699,6053 • **b.** À l'unité : inf = 13 × 12 = 156 ; sup = 14 × 13 = 182 ; au dixième : inf = 13,7 × 12,6 = 172,62 ; sup = 13,8 × 12,7 = 175,26 ; résultat exact = 174,3606
3. Arles : 56 000 ÷ 759 ≈ 73,8 hab/km^2 • Pau : 77 100 ÷ 32 ≈ 2 409,4 hab/km^2 • Saint-Malo : 46 100 ÷ 37 ≈ 1 245,9 hab/km^2 • Orléans > Pau > Saint-Malo > Arles

p. 28 1. a. 19,6 cm • **b.** 35,08 cm • **c.** 18,34 cm • d. 79,4 cm

p. 29 2. a. 3149,2 mm • **b.** 2,1549 km
3. 17,78 ÷ 2 – 5,17 = 3,72 m

p. 30 1. a. 17,27 cm • **b.** 23,1732 cm

p. 31 2. a. 23,55 m • **b.** 25,6852 m = 2568,52 cm • **c.** 9,263 dm = 0,9263 m • **d.** 30,458 hm = 3 045,8 m • **e.** 92,316 mm = 0,092316 m
3. 3,14 × 1,78 = 5,5892 m

p. 32 1. Longueur = 12 cm ; périmètre = 30,84 cm

p. 33 2. 4 × 2 + 2 × 7 + 2 × 8 = 38 m
3. Petit demi-cercle : 3,14 × 4,5 = 14,13 m : grand demi-cercle : 3,14 × 6,5 = 20,41 m ; total = 14,13 + 20,41 + 2 × 2 = 38,54 m

p. 34 1. 8 × 2 + 2 × 8,5 = 33 m
2. a. 12 × 3,14 × 70 = 2 637,6 cm = 26,376 m • **b.** Minimum 57 coups de pédale

p. 35 3. a. Tronc : périmètre = 3,14 × 1,6 = 5,024 m ; rayon = 1,6 ÷ 2 = 0,8 m ; longueur= 8,5 – 1,6 = 6,9 m ; largeur = 4,7 – 1,6 = 3,1 m ; longueur totale = 2 × 6,9 + 2 × 3,1 = 20 m ; périmètre total = 20 + 5,024 = 25,024 m • **b.** 25,024 × 2,5 = 62,56 €

p. 36 1. 54 650 cm^2 • 2,4651 dm^2 • 9 781 dam^2 • 22 500 000 dm^2 • 784,5 m^2 • 0,6548 hm^2

2. 22,5 a • 785 000 m^2 • 3 850 000 m^2 = 385 ha • 947 500m^2 = 0,9475 km^2

p. 37 3. a. 3,275 m^2 + 2,541 m^2 = 3,5291 m^2 • **b.** 3,2875 km^2 – 1,3487 km^2 = 1,9388 km^2
4. a. 122 m^2 + 0,378 ha = 122 m^2 + 3 780 m^2 = 3 902 m^2 • **b.** 12 × 220 × 60 × 70 = 11 088 000 cm^2 = 1 108,8 m^2

p. 38 1. Rectangle : 7,1 × 12,3 = 87,33 m^2 • Triangle : 4,2 × 6,8 ÷ 2 = 14,28 cm^2

p. 39 2. a. 251 × 34 = 8534 m^2• **b.** 187 × 39 ÷ 2 = 3 646,5 mm^2
3. Rectangle : 36 ÷ 7 ≈ 5,14 m • Triangle bleu : 2 × 75 ÷ 13 ≈ 11,54 cm • Triangle orange : hauteur = 2 × 5,52 ÷ 4 = 2,76 m • Carré : côté = 14 m

p. 40 1. Rouge : rayon^2 = 7,1 × 7,1 = 50,41 cm^2 ; aire = 3,14 × 50,41 = 158,2874 cm^2 • bleu : rayon^2 = 4,9 × 4,9 = 24,01 m^2 ; aire = 3,14 × 24,01 = 75,3914 m^2

p. 41 2. a. Rayon^2 = 730 × 730 = 532 900 cm^2 ; aire = 1 673 306 cm^2 • **b.** Le rayon^2 est multiplié par 4, donc l'aire aussi.
3. Rayon = 5,8 ÷ 2 = 2,9 cm ; rayon^2 = 2,9 × 2,9 = 8,41 cm^2 ; aire = 3,14 × 8,41 = 26,4074 cm^2
4. a. 5,4 ÷ 6 = 0,9 m • **b.** Aire petit cercle = 3,14 × 0,9 × 0,9 = 2,5434 m^2 ; aire bleue = 3,14 × 2,7 × 2,7 – 5 × 2,5434 = 10,1736 m^2

p. 42 1. Aire c = 2 × 2 = 4 m^2 ; aire rectangle = 25 × 15 = 375 m^2 ; aire cour = 375 – 4 × 4 = 359 m^2
2. Aire T = (5 × 5) ÷ 2 = 12,5 m^2 ; aire carré = 15 × 15 = 225 m^2 ; aire hall = 225 – 4 × 12,5 = 175 m^2

p. 43 3. Aire étang = 3 × 5 = 15 m^2 ; J1 : 3,14 × 0,3 × 0,3 = 0,2826 m^2 ; J2 : 3 × 0,2826 m^2 = 0,8478 m^2 ; J 3 : 2,5434 m^2, J 4 : 7,6302 m^2 ; J 5 : 22,8906 m^2

p. 44 1. A : 35° • B : 70° • C : 90• ; D : 105°

p. 46 1. 180°– (40°+70°) = 70° (triangle isocèle) • 180°– (57°+90°) = 43° • 180° – (65°+35°) = 80° • 180° – (112°+47°) = 21°

p. 47 2. 180° – (2 × 75°) = 30° • 60° (triangle équilatéral) • (180° – 58°) ÷ 2 = 61° • 2 × (180° – 40°) ÷ 2 = 140°

p. 49 2. a. ↱ ↰ ↑ ↱ • **b.** ↱ ↑ ↑ ↱ ↰
p. 50 1. a. 180° + 180° = 360° • **b.** (180° – 50°) ÷ 2 = 65°
2. (180° – 90°) ÷ 2 = 45°

p. 51 3. b. 180° – (50°+65°) = 65° • $\widehat{ABC}$ et $\widehat{ACB}$ égaux : triangle isocèle en A.

p. 52 1. Isocèle • Isocèle • Rectangle et isocèle • Equilatéral

p. 53 2. 70° • 7cm • 45° ; ABC est rectangle isocèle en A • 60° ; ABC est équilatéral

p. 54 1. Rectangle • Losange • Carré • Parallélogramme

p. 55 2. 60° • ABD est équilatéral. ABCD est un losange.

p. 57 1. Trapèze isocèle • Parallélogramme • Trapèze rectangle • Losange • Rectangle • Trapèze quelconque
2. 5 × (4+7) ÷ 2 = 27,5 cm^2 • 5 × (4+7) ÷ 2 = 27,5 cm^2

p. 58 1. a. Carré • **c.** Un octogone régulier.

p. 60 1. a. 45° • b. 45° + 45° = 90° • **c.** $\widehat{ABO}$ est rectangle isocèle en O • **d.** $\widehat{ABC}$ est rectangle isocèle en B, ABCD est un carré (4 angles droits et diagonales égales)

p. 61 2. a. ABF : (3 × 2) ÷ 2 = 3 cm^2; EC=AF et ED = BF, ECD : 3 cm^2 • **b.** BEDF : (6 – 2) × 3 = 12 cm^2 ; ABCD : 12 + 3 + 3 = 18 cm^2 • **c.** BCGF : 6 × 3 = 18 cm^2 = Aire ABCD.

p. 62 1. 3/7 + 2/7 = 5/7 • 2/11 + 8/11 = 10/11

p. 63 2. 13/15 – 9/15 = 4/15 (9 carrés) • 8/5 + 4/5 = 12/5 (4 parts) • 9/8 + 8/8 = 17/8 (8 carrés) • 7/7 – 6/7 = 1/7 (6 parts)
3. 11/3 – 7/3 = 4/3 • 19/17 + 11/17 = 30/17 • 121/9 – 88/9 = 33/9 • 371/14 + 189/14 = 560/14
4. 51/11 + 37/11 – 49/11 = 39/11 • 147/13 – 98/13 + 78/13 = 127/13

p. 64 1. a. 12/15 ; 28/35 ; 80/100 • **b.** 14/63 ; 32/144 ; 10/45 • **c.** 3/7 ; 9/21 ; 27/63

p. 65 2. 63/14 = (9 × 7)/(2 × 7) = 9/2 • 28/18 = (14 × 2)/(9 × 2) = 14/9 • 42/30 = (7 × 6)/(5 × 6)=7/5 • 250/120 = (25 × 10)/(12 × 10) = 25/12 • 78/130 = (3 × 2 × 13) / (5 × 2 × 13) = 3/5 • 570/380 = (3 × 19 × 10) / (2 × 19 × 10) = 3/2 • 230/46 = (5 × 2 × 23) / (2 × 23) = 5
3. 13/6 + 7/6 = 20/6 = (2 × 10)/(2 × 3) = 10/3 • 52/15 – 27/15 = 25/15 = (5 × 5)/(5 × 3) = 5/3 • 41/12 + 25/12 = 66/12 = (6 × 11)/(6 × 2) = 11/2 • 93/36 – 75/36 = 18/36 = (18 × 1)/(18 × 2) = 1/2
4. 15/18 = 5/6 • 36/42 = 6/7 • 78/42 = 13/7 • 39/57 = 13/19 • 121/165 = 11/15 • 91/169 = 7/13

p. 66 1. 5/4 + 7/8 = 10/8 + 7/8 = 17/8 • 1/6 + 8/9 = 3/18 + 16/18 = 19/18 • 6/7 + 7/6 = 36/42 + 49/42 = 85/42 • 7/12 + 11/15 = 35/60 + 44/60 = 79/60
2. 5/4 – 7/8 = 10/8 – 7/8 = 3/8 • 13/4 – 11/6 = 39/12 – 22/12 = 17/12 • 11/7 – 2/3 = 33/21 – 14/21 = 19/21 • 7/8 – 8/10 = 35/40 – 32/40 = 3/40

p. 67 3. 2,1 – 7/8 = 21/10 – 7/8 = 84/40 – 35/40 = 49/40 • 25/4 + 12 = 25/4 + 12/1 = 25/4 + 48/4 = 73/4 • 5/3 + 3,4 = 5/3 + 34/10 = 50/30 + 102/30 = 152/30 = 76/15 • 5/8 – 0,51 = 5/8 – 51/100 = 125/200 – 102/200 = 23/200

p. 68 1. Dénominateur commun = 24 ; 7/8 = 21/24 et 7/6 = 28/24 • 21 ; 4/7 = 12/21 ; 8/3 = 56/21 • 60 ; 5/12 = 25/60 ; 11/15 = 44/60

p. 69 2. 14 ; 3/7 = 6/14 < 7/14 = 1/2 • 18 ; 5/6 = 15/18 > 14/18 = 7/9 • 12 ; 5/6 = 10/12 > 7/12 • 30 ; 7/10 = 21/30 > 16/30 = 8/15 • 45 ; 9/5 = 81/45 > 60/45 = 12/9 • 12 ; 14/3 = 56/12 > 48/12 = 16/4
3. a. 6/5 < 16/3 < 60/11 < 11/2 < 46/8 • **b.** 2/3 < 3/4 < 4/5 < 5/6 < 6/7 < 7/8

p. 70 1. 2,85 = 285/100 • 100,005 = 100 005/1 000 • 0,045 = 45/1 000 • 20,202 = 20 202/1 000 • 199,991 = 199 991/1 000 • 9,4751 = 94 751/10 000 • 1 354,2 = 13 542/10 • 5 497,8764 = 54 978 764/10 000
2. 24/5 = (24 × 2)/(5 × 2) = 48/10 = 4,8 • 3/4 = (3 × 5 × 5)/(2 × 2 × 5 × 5) = 75/100 = 0,75 • 17/20 = (17 × 5)/(20 × 5) = 85/100 = 0,85 • 5/8 = (5 × 5 × 5 × 5)/(2 × 2 × 2 × 5 × 5 × 5) = 625/1 000 = 0,625 • 15/20 = (15 × 5)/(2 × 2 × 5 × 5) = 75/100 = 0,75• 31/250 = (31 × 2 × 2)/(10 × 5 × 5 × 2 × 2) = 124/1 000 = 0,124

p. 71 3. a 2,1 = 21/10 ; 20 ; 9/4 = 45/20 > 42/20 = 21/10 • **b.** 3,9 = 39/10 ; 60 ; 11/12 = 55/60 < 234/60 = 3,9 • **c.** 7,8 = 78/10 ; 130 ; 78/10 = 1 014/130 > 1 000/130 = 100/13 • **d.** 1,11 = 111/100 ; 100 ; 21/20 = 105/100 < 111/100 = 1,11 • **e.** 13,4 = 134/10 ; 20 ; 55/4 = 275/20 > 268/20 = 13,4 • **f.** 4,71 = 471/100 ; 100 ; 87/20 = 435/100 < 471/100 = 4,71
4. 4/3 + 3/5 = 29/15 • 21/8 – 5/4 = 1/8 • 3/4 + 2/3 = 13/12 • 5/6 – 5/3 = 15/18

p. 72 1. 21/4 • 36/8 = 9/2 • (11 × 6 × 3)/ (5 × 3) = 66/5 • (7 × 5 × 4)/(3 × 4) = 35/3 • (13 × 5 × 6)/(3 × 6) = 65/3 • (3 × 11 × 4)/4 = 33 • (7 × 2 × 8)/(3 × 2 × 8) = 7/3 • (3 × 6 × 5 × 11)/(5 × 6) = 33 • (5 × 2 × 11 × 11)/(2 v 11) = 55 • (7 × 2 × 13 v 13)/(2 × 2 ×13) = 91/2

p. 73 2. a. 7/4 × 12 = 21 • **b.** 9/11 × 4 = 36/11 • **c.** 12/20 × 5 = 3 • **d.** 8/9 × 12 = 32/3

p. 74 1. 35/100 × 50 = 35/2 = 17,5 • 38/100 × 45 = (19 × 9)/10 = 17,1 • 65/100 × 48 = (13 × 24) / 10 = 31,2 • 40/100 × 85 = 2 × 17 = 34 • 48/100 × 25 = 48/4 = 12 • 70/100 × 120 = 7 × 12 = 84 • 12/100 × 320 = (6x32)/5 = 38,4 • 85/100 × 90 = (17x9)/2 = 76,5

p. 75 2. 4/5 = (4x20)/(5x20) = 80 % • 9/20 = (9x5)/(20x5) = 45 % • 32/40 = 16/20 = 80/100 = 80 % • 3/4 = (3x25)/(4x25) = 75 % • 15/25 = (15x4)/(25x4) = 60 % • 42/50 = (42x2)/(50x2) = 84 %
3. a. 1/4 = 25 % • **b.** 7/10 = 70 % • **c.** 3/8 = 75/200 = 37,5 % • **d.** 13/20 = 65/100 = 65 %

p. 76 1. Oui : coefficient = 5
2. Non.

p. 77 3. a. Dans l'ordre : 30 ; 35 ; 80 • **b.** Coefficient = 20/24 = 5/6
4. a. Non. • **b.** Yaourts : 3,60/12 = 0,3 € ; melons : 3/2 = 1,5 € ; maquereaux : 7,5/5 = 1,5 € ; jus de fruits : 10/4 = 2,5 €

p. 78 1. a. Tarte 1 : 3/8 ; tarte 2 : 6/8 ; tarte 3 : 5/8 • **b.** 3/8 + 6/8 + 5/8 = 14/8 = 7/4
2. 20/40 + 15/40 = 35/40 = 7/8 = 87,5 %

p. 79 3. a. 80 % × 15 + 60 % × 25 = 0,8 × 15 + 0,6 × 25 = 27 € • **b.** prix sans réduction = 40 € ; économie : 13 € ; pourcentage de 13/40 = 65/200 = 32,5 %. Non.
4. a. (20 % × 150 000) + (25 % × 250 000) + (30 % × 360 000) + (15 % × 240 000) = 236 500 moins de 20 ans ; part de la population totale : 236 500 / 1 000 000 = 23,65 % • **b.** 169 000 plus de 75 ans ; part de la population totale : 169 000 / 1 000 000 = 16,9 %

p. 80 1. a. 71 053 • **b.** 34 123 • **c.** 587 016 • **d.** Quotient = 3 753 ; reste = 4

2. a. 1 469,237 • **b.** 3 692,22 • **c.** 1 095,79 • **d.** 2 537,022

p. 81 3. a. 56,26 • **b.** 168,42 • **c.** 693,68 • **d.** 99,7245
4. a. 8/14 = 4/7 • **b.** 25/15 = 5/3 • **c.** 56/38 = 28/19 • **d.** 48/36 = 4/3 • **e.** 132/84 = 11/7 • **f.** 102/153 = (2 × 3 × 17)/(3 × 3 × 17) = 2/3
5. a. 2/3 = 14/21 > 12/21 = 4/7 et 2/3 + 4/7 = 26/21 • **b.** 17/6 = 119/42 > 108/42 = 18/7 et 17/6 + 18/7 = 227/42 • **c.** 8/7 = 104/91 < 105/91 = 15/13 et 8/7 + 15/13 = 209/91 • **d.** 13/15 = 39/45 > 35/45 = 7/9 et 13/15 + 7/9 = 74/45

p. 82 **1.** 6 h 30 min • 2 h 40 min • 19 h 43 min • 8 h 38 min • 6 h 15 min • 3 h 40 min • 15 h 15 min • 13 h 55 min
2. a. 1 h 15 min + 15 min + 35 min = 2 h 05 min • **b.** 2 h 05 min + 15 min + 45 min + 15 min + 40 min = 4 h • **c.** Durée totale = 12 h 15 min – 7 h 40 min = 4 h 35 min ; trajet pour la gare = 4 h 35 min – 4 h = 35 min

p. 83 **3. a.** 20 min + (11 h 30 min – 10 h 15 min) + 20 min = 1 h 55 min • **b.** Oui. Réunions et pauses = 30 min + 1 h 55 min + 1h + 1 h 15 min = 4 h 40 min ; journée de travail = 18 h 30 min – 8 h 30 min = 10 h ; temps restant = 10 h – 4 h 40 min = 5 h 20 min.

p. 84 **1. a.** 35 × 3 = 105 km • **b.** 51 × 4 = 204 km • **c.** T = 5/2 h ; D = 75 × 5/2 = 375/2 = 187,5 km • **d.** T = 13/4 h ; D = 40 × 13/4 = 130 km

p. 85 **2. a.** V = 30 ÷ 2 = 15 km/h • **b.** V = 675 ÷ 5 = 135 km/h • **c.** V = 13,6 ÷ 2 = 6,8 km/h
3. a. 2 × 1 h 30 min = 3 h ; V = 480 ÷ 3 = 160 km/h • **b.** 3 × 1 h 20 min = 4 h ; V = 450 ÷ 4 = 112,5 km/h

p. 86 **3. a.** 1 h 55 min – 10 min = 1 h 45 min • **b.** 4 × 1 h 45 = 7 h ; Vitesse = 450 × 4 ÷ 7 = 1800 ÷ 7 ≈ 257 km/h • **c.** Durée = 14 h 5 min – 12 h 50 min = 1 h 15 min = 5/4 h ; distance = 250 × 5/4 = 1 250/4 = 312,5 km

p. 87 **2. a.** Durée : 2 ÷ 5 = 0,4 h ; 0,4h = 0,4 × 60 = 24 min ; arrivée = 8 h 24 min • **b.** Durée : 1 ÷ 8 = 0,125 h ; 0,125 h = 0,125 × 60 = 7,5 min = 7 min 30 s ; arrivée : 8 h 15 min + 7 min 30 s = 8 h 22 min 30 s ; premier : M. Lemaire. • **c.** 24 – 7.5 = 16,5 min

p. 89 **1. a.** 2,31 l = 2 310 cm^3 • **b.** 135 120 dm^3 = 135 120 000 ml • **c.** 12 dm^3 = 12 l • **d.** 0,002513 l = 2 513 mm^3
2. a. 10,42 m^3 = 10 420 l • **b.** 4 876 l

3. 3,515 l + 18 l = 21,515 l

p. 91 **1.** 2 × 7 × 7 = 98 m^3 • 3 × 5,7 × 4,8 = 82,08 cm^3 • 7,1 × 7,1 × 7,1 = 357,911 dm^3 • 15 × 87 × 20 = 26 100 dm^3
2. 108 ÷ (6 × 4,5) = 108 ÷ 27 = 4 m.

p. 92 **1. a.** 15 × 15 × 5 = 1 125 cm^3 • **b.** 5 × 5 × 5 = 125 cm^3 • **c.** 1 125 – 125 = 1 000 cm^3 (1 l)

p. 93 **2. a.** 4,5 × 8 × 7 = 36 × 7 = 252 m^3 • **b.** 8 × 252 = 2 016 m^3
3. a. 5 × 5 = 25 cm^2• **b.** 6 × 25 = 150 cm^2 • c. 5 × 5 × 5 = 125 cm^3

p. 94 **1. a.** 25 × 12 × 1 = 300 m^3 • **b.** 25 × 12 × 0,7 = 210 m^3 • **c.** 180 000 l = 180 m^3 ; 180 ÷ (25 × 12) = 0,6 m = 60 cm

p. 95 **2. a.** 4 × 4 × 4 = 64 mm^3 • **b.** 1 l = 1 000 000 mm^3 ; 1 000 000 × 2 ÷ 64 = 31 250 s = 8 h 40 min 50 s • **c.** Temps de sommeil = 7 h 30 min = 27 000 s ; volume écoulé = 27 000 × 64 / 2 = 864 000 mm^3 = 0,864 l

p. 96 **1.** Pavés droits : C, F ; prismes droits : B, C, F, H ; pyramides : D, E, J ; cônes : G ; A : sphère, I : cylindre

p. 97 **2.** Bleu : A, D ; rouge : E, F ; en vert : C

p. 98 **1. a.** Un pavé droit. • **b.**7 × 6 × 3 = 126 cm^3

p. 99 **2.** A, C, F.

p. 100 **1.** a. 3. ; b. 5. ; c. 1. ; d. 2. ; e. 6. ; f. 4.

p. 101 **3. b.** 4 cubes de côté 4cm : 4 × (4 × 4 × 4) = 256 cm^3

p. 103 **1.** Non ; oui
2. Oui ; non ; oui

p. 110 **1.** Rose : rectangle ; bleu : parallélogramme

p. 112 **1.** Orange : losange ; vert : carré

p. 117 **2. a.** Tracez la médiatrice (d) du segment [AB]. On nomme O le milieu du segment [AB] et O' le milieu du segment [CD]. • **b.** Placez les points H et H' de manière que OH = AB et O'H' = CD. • **c.** Tracez le cercle (C) de centre H et de rayon HA. • **d** Tracez le cercle (C') de centre H' et de rayon H'C.

p. 119 **3.** Non ; oui

p. 122 **1.** Figure 1 : (d1) ; figure 2 : (d2)

Dépôt légal : juin 2020 - N° éditeur : LDESI20190054
Imprimé en mai 2020 par Imprimerie Vincent en France

PEFC 10-31-1087 / Certifié PEFC / Cet imprimé est issu de forêts gérées durablement et de sources contrôlées. / pefc-france.org